Der Erzähler nimmt uns mit auf seine Streifzüge durch das nächtliche Paris der 20er Jahre. Soupault läßt uns teilhaben an bizarren Verbrechen, seltsamen Begegnungen, erotischen Abenteuern. Seine Protagonisten sind Gesetzlose, Vertreter einer Gegenwelt: der seltsame Bandenchef Volpe, die Hure Georgette, deren Schönheit und Anziehungskraft nur nachts existiert, Octave, Georgettes Bruder, der Paris niederbrennen will und dabei umkommt. Georgette verknüpft auf geheimnisvolle Weise die Geschichte, deren Personen nicht zu fassen sind, deren Aktivitäten kaum zu verstehen sind.

Ein Zeugnis über das nächtliche Paris, über die Faszination der Pariser Unterwelt, über die Suche nach dem alltäglichen Mythos der Großstadt. Zweifellos der poetischste Text des Surrealismus.

Philippe Soupault, geboren 1897 in Chaville, gestorben 1990 in Paris. Studium der Rechtswissenschaften in Paris. Über Guillaume Apollinaire lernt er André Breton und Louis Aragon kennen und wird mit den beiden (die sog. »Drei Musketiere«) einer der Hauptinitiatoren der Pariser Dada- und Surrealismusbewegung. Zusammen mit Breton schreibt er 1919 ›Die magnetischen Felder‹, den ersten surrealistischen Text der Literaturgeschichte. Eng befreundet mit Marcel Proust, James Joyce, Robert Delaunay, Max Ernst, Heinrich Mann u. a. Soupault arbeitet als Verleger, Schriftsteller, Reporter und Kritiker. Zu Unrecht lange vergessen, wird er – ein »Monument der Moderne« (*Frankfurter Allgemeine Zeitung*) – seit den siebziger Jahren wiederentdeckt, kommt seine herausragende Position durch die unermeßliche Vielfalt seiner Themen und Formen in Romanen, Erzählungen, Gedichten, Liedern, Reportagen und Kritiken in der französischen Kulturlandschaft zum Vorschein. Er gehört sicherlich zu den wichtigsten Autoren des 20. Jahrhunderts.

Der Herausgeber Manfred Metzner, geboren 1947, studierte Rechtswissenschaften. Mitbegründer des Verlags Das Wunderhorn. Er lebt als Rechtsanwalt und Verleger in Heidelberg.

Philippe Soupault

Die letzten Nächte von Paris

Roman

Aus dem Französischen
von Ré Soupault

Fischer Taschenbuch Verlag

Herausgegeben von Manfred Metzner

Veröffentlicht im Fischer Taschenbuch Verlag GmbH,
Frankfurt am Main, Mai 1993

Lizenzausgabe mit freundlicher Genehmigung
des Verlags Das Wunderhorn, Heidelberg

Umschlaggestaltung: Buchholz/Hinsch/Hensinger
Gesamtherstellung: Clausen & Bosse, Leck
Printed in Germany
ISBN 3-596-11604-x

1. Kapitel

Wählen heißt altern.

Sie lächelte so seltsam, daß ich nicht anders konnte, als ihr bleiches Gesicht zu betrachten, und vielleicht, ohne es zu wollen, erwiderte ich ihr Lächeln, wie man in einen Spiegel zurücklächelt. Selbstverständlich, und auf die natürlichste Weise der Welt, trank sie einen grünen Pfefferminzlikör, denn in dieser Stadt verhehlt keine der Frauen, die aus der Liebe einen Beruf machen, ihre Vorliebe für dieses seltsame Getränk, das zweifellos nichts anderes ist als ein flüssiges Bonbon.

Das Café machte ein Schläfchen. Die Stunde des Aperitifs war vorüber und die der Sandwichs und der Schokolade hatte noch nicht geschlagen. Die Kellner warteten mit gesenktem Kopf und hängenden Armen. Einige hatten sich hingesetzt und erinnerten an Statuen, Goldmedaillen der Salons und all den unnützen, starren, altmodischen Schmuck der Gartenanlagen. Von Zeit zu Zeit fegte ein Windstoß herein und formte monotone und beruhigende Gebilde im Rauch des Raumes.

Sie stand auf, und ich erhob mich zu gleicher Zeit; ich ging neben ihr her auf dem Boulevard Saint-Germain, und als wir an dem Laden der Anti-Alkoholliga vorüberkamen, die immer noch mit ihren ausgetrockneten Gehirnen prahlte, sagte ich zu ihr:

– Wir täten bestimmt besser, das Trottoir zu wechseln.

– Wenn es Ihnen Vergnügen macht...

Und wir überquerten den Boulevard und wandten dem Anti-Alkoholismus den Rücken.

Die Herzen schlugen in den Bäumen, es war das Ende des Sommers, und jemand, der sich aus einem Fenster lehnte, sagte zu der Nacht:

– Es ist kalt …

Vielleicht, dachte ich, aber alles zu seiner Zeit.

Ein Laut wie ein Kirchenglöckchen weckte die Lichter und besprengte das Stadtviertel von Saint-Germain-des-Prés mit Säure. Zeichen wurden gegeben. Aber wer, aber wem? Einfacher gesagt, es war eine helle Nacht. Der Elf-Uhr-Nebel.

Das Dämchen gurrte und schnurrte abwechselnd, wie man zuerst Puder und dann Lippenrot auflegt. Dieselbe Beflissenheit, dieselbe Koketterie. Natürlich führte sie mich auf den Boulevard Saint-Michel, dann um den »Jardin de Luxembourg«.

Mit geschlossenen Augen.

Hunde liefen frei umher, und riesige Schatten blieben in dem schönen Käfig des Senats eingeschlossen. Ich lauschte aufmerksam und hörte auf all den Lärm. Eine Art Springbrunnen zerschnitt ein Liedchen, den dummen Schlager des lateinischen Viertels, ein billiges Lied, das die Studenten singen, um sich Studentenallüren zu geben: Baskenmützen, Schirmkappen, Lavallièrekrawatten.

– Haben Sie bemerkt, sagte meine schneeweiße Begleiterin, daß es in diesem »Nichtsnutz« von Garten niemals Schmetterlinge gibt?

Ein großer Hund, Gefangener oder Gefangenenwärter – weiß man das – bellte laut.

Die Rue de Médicis, in die wir eilends einbogen, ist gegen halb elf Uhr abends traurig. Es ist die Straße des ewigen Regens.

Es wird behauptet, daß eines der Trottoirs das Rendezvous masochistischer Junggesellen sei. Schweigsamer und bescheidener Klub. Die Regenschirme sehen aus wie Herden.

– Wissen Sie, sagte sie, daß wir in der Gegend des Café-crême sind?

Der Anfang der Rue de Vaugirard stinkt nach Büchern. Der Geruch strömt aus allen Ritzen. Ihre Nachbarin und Freundin, die Rue de Tournon, ist gastfreundlicher. Tatsächlich erwartete ich Vorschläge und die Adresse eines komfortablen Hotels. Nachts sieht der Senat nach gar nichts aus. Es ist nur eine große Schallplatte zu sehen, die mit Baßstimme brüllt: – Ralentir! Und es heißt, daß die Schwachsichtigen sich regelmäßig irren und glauben, es handle sich um – Repentir!

Die Wortvirtuosität dieses Viertels großer Erbschaften ist überraschend. Worte, die aus den Häusern flüchten, glänzen wie Quecksilber; Worte, die sich in den Mauerritzen verbergen, sind nur phosphoreszierend.

Sie, die mir nichts vorschlug, machte mich darauf aufmerksam, daß die Rue de Tournon dank dieser Worte indiskret sei.

– Stimmt, sagte ich, die Kälte hat keine Macht über die Physiognomie der Straßen.

– Das alles ist Schaukelstuhl & Co.

Dazu sagte ich nichts weiter.

Wir kamen an den Carrefour de Buci, von dem eine Menge kleiner, enger Straßen ausgeht, die man zwar nicht Gäßchen nennen kann, die aber finster und übelriechend sind.

Der Lichtschein eines kleinen Cafés bespritzte die dreieckigen und morosen Fassaden anonymer Läden mit Sirup. In dieser Rue de Seine, die sich immer noch über ihr Dasein wundert, hatten wir eine Begegnung, die man zwar weder als angenehm noch als anstößig, noch als trostlos bezeichnen kann, die aber eine düstere Spur, eine dunkle Furche in der Landschaft unseres Abends hinterließ. Ein schwarzer Hund, ein Pudel, bestimmt eine Promenadenmischung, lief im Zickzack von einem Trottoir zum anderen, als ob er von Sinnen wäre. Weder die Stunde noch das unfreundliche Wetter konnten das Hin und Her dieses Schmugglerwauwaus verlangsamen. Ich war sicher, daß er uns erwartete. Dennoch sah er nicht aus wie ein Hund, der einen bösen Streich vorhat. Als er meine Begleiterin bemerkte, schien er sie zu erkennen und sprang bellend um sie herum. Ich konnte nicht feststellen, ob sie ihn erkannte, denn zuerst brummte sie: – Ruhe, Hund! Und fügte hinzu: – Was ist denn das für ein Köter? Wir setzten unseren Weg fort, der immer eintöniger wurde. Einige Regentropfen begannen zu fallen. Gewiß würde es einen Schauer geben. Sofort beschleunigten wir den Schritt und suchten Deckung in der dauernd herrschenden Zugluft unter den Rundbögen der Passage, die von der Rue de Seine durch das »Institut de France« auf den Quai führt. Der Hund sprang hinter uns her, bald an uns vorbei, bald blieb er stehen und deutete durch dieses Treiben an, daß er entschlossen sei, uns bis ans Ende der Welt zu folgen. Zuerst hörten wir dem Regen zu und brachten Abwechslung in die Monotonie dieses Liedes durch nicht weniger monotone Bemerkungen über den Regen.

– So ein Dreckwetter!

– So ein Dreckwetter!

– Verdammtes Wetter!...

Der Hund hatte sich ruhig zu unseren Füßen niedergelassen. Manchmal fuhr ein Taxi in schnellem Tempo vorüber, und meine Psst-Rufe ließen es nur noch schneller fahren.

– Soll ich Ihnen sagen, wie ich heiße?

Der Hund antwortete »Ja«, das heißt, er gab ein trockenes Gebell von sich.

– Ich heiße Georgette.

Das ist ein Name, der stutzig macht; er erinnert an eine Nähnadel, an einen Saum, an einen Fettfleck. Dieser Vorname, der weder Schwanz noch Kopf hat, läßt notwendigerweise an die »Barrière du Trône« oder an den Mond unter den Wolken denken.

Diesen Namen aussprechen, beschwört unweigerlich die

lebhafte Erinnerung an rasende Zahnschmerzen oder an ein paar Ohrfeigen herauf.

Diese Überlegungen behielt ich für mich und bemühte mich, sie in einem einfachen Adjektiv zusammenzufassen, das übrigens vielsagend ist:

– Reizend!

Kaum hatte ich die letzte Silbe gesprochen, als der Hund sich erhob und mit hängender Zunge Männchen machte. In diesem Moment begannen die seltsamen Ereignisse dieses Abends. Das Signal gab die »Statue de la République«. Ein Wind, der auf den Regen folgte, erhob sich plötzlich, ein Wind, scharf wie ein Messer, eine Art Sturmwind, der eine Zeitung, die auf dem Trottoir lag, emporriß und sie in einem Zug der Statue in die Hände legte, die den Platz ziert.

Ein Landauer fuhr durch die Rue de Seine. Die Pferde kamen in scharfem Galopp herangesprengt, aber der Kutscher lenkte sie mit meisterhafter Geschicklichkeit schnell um die gefährliche Ecke, wo die Rue de Seine aus den Fugen geht. Ich hatte Zeit, in dem Wagen eine Gestalt mit sehr bleichem Gesicht zu bemerken, und glaubte, den früheren Polizeipräfekten Lépine zu erkennen. Der Kutscher peitschte seine Pferde, fuhr zweimal um die Statue Voltaires herum und hielt plötzlich vor dem Eingang der Bibliothek Mazarine. »Herr Lépine« stieg aus. Er war schwarz gekleidet und trug einen Zylinder. Ich sah ihn im Hof des »Institut« verschwinden. Der Kutscher sprang vom Bock und machte sich daran, die Pferde auszuspannen.

Die »République« ließ ihre Zeitung fallen. Der Wind entfernte sich in Richtung des Pont-Neuf.

Einige Minuten vergingen. Ich bot Georgette eine Zigarette an, die sie akzeptierte. Kaum hatten wir unsere Camel angezündet, als wir auf dem Pont des Arts einen wahren Umzug sahen. Etwa ein Dutzend Männer, wie Bauarbeiter gekleidet, schleppten resigniert eine lange Kiste. Ihnen folgten junge Leute mit Schirmmützen, die Bretter und Balken trugen. Als diese Leute den Wagen und die Pferde bemerkten, beschleunigten sie den Schritt und begaben sich ebenfalls in den Hof des »Institut«.

Einen Regenschirm hinter sich her ziehend wie einen melancholischen Hund, ging ein Paar auf dem Quai vorüber und stand einen Augenblick still, um einen Blick hinüberzuwerfen. Ich sah die beiden Hals über Kopf davonlaufen. Die Frau stieß leise Schreie aus, dem Schrei der Nachteule ähnlich. Ihren Regenschirm ließen sie als Geisel auf den Stufen des Pont des Arts zurück.

Als die junge Georgette Mitternacht schlagen hörte, konnte sie sich natürlich nicht enthalten zu erschauern, und ich sagte lächelnd mit höhnischer Betonung:

– Die Stunde des Verbrechens.

Ich gebe gern zu, daß Zeit und Ort für einen klassischen Scherz sehr schlecht gewählt waren. Der Hund, der sich bis dahin ruhig verhalten hatte, spürte das Bedürfnis, die Spuren von seinesgleichen zu beschnüffeln. Ich folgte ihm mit den Augen, und mein Blick fiel auf ein Plakat, das erst kürzlich aufgeklebt worden war. Beim Schein der schlechten Straßenlaterne, die diese Passage zu erleuchten versucht, las ich Worte, die sich in dem Wind hin und her zu bewegen schienen. Ich konnte meine Lektüre nicht beenden, denn ein Automobil von erheblicher Pferdestärke kam mit helleuchtenden Scheinwerfern über den Pont-Neuf gefahren und hielt vor dem Gitter des »Institut«. Ein großer Windhund sprang aus dem Wagen, von einem Mann mit beigefarbener Melone gefolgt, der sofort befahl:

– Löschen Sie die Scheinwerfer.

Kurz danach rief er: – Domino?

Und der, den ich für Monsieur Lépine gehalten hatte, antwortete auf seinen Ruf. Beide zogen den Hut, aber zu meiner Überraschung reichten sie sich nicht die Hand. Sie diskutierten einige Minuten, und eine Bewegung ließ mich verstehen, daß der Mann mit der beigefarbenen Melone sagte:

– Gehen Sie.

Tatsächlich verschwand Lépine schleunigst; und der Mann mit dem steifen Hut ging vor dem Gitter auf und ab. In diesem Augenblick aber begann der Regen von neuem und noch heftiger; der Lichtschein der letzten Trambahnen warf lange Lauffeuer auf die Seine.

In tragischem Ton, der mich jedoch nicht zum Lachen reizte, schlug Georgette vor:

– Gehen wir!

Aber an diesem Abend verstand ich, was der wohlbekannte feuilletonistische Ausdruck bedeutet: mit den Füßen auf dem Erdboden festgenagelt sein.

Um meine Kaltblütigkeit zu bewahren, mußte ich wohl oder übel alle meine Erinnerungen zu Hilfe rufen.

Hygiene der Angst.

So wälzt die Seine periodisch Gefühle, starke Narkotika für Menschen, die von Liebe, Furcht, Religion oder Wahnsinn erstickt werden.

In meiner Nähe spielte sich eine Tragödie ab oder jedenfalls etwas, was ich für eine Tragödie hielt, und hier war dieser väterliche Fluß, der Sommer- oder Frühlingsbilder an mir vorüberziehen ließ: einen Flußdampfer, der eine Ladung Fahnen transportierte, Schwimmer, die mir wirklich großen Kummer bereiteten, und die Erinnerung an einen Abend, an dem ich, auf die Brüstung des Pont Marie gelehnt, den Rettern zusah, die vergeblich versuchten, den Leichnam eines Ertrunkenen herauszufischen.

All diese vielleicht nichtssagenden Bilder erhoben sich in den grellsten und wärmsten Farben vor meinen an die nächtliche Finsternis gewöhnten Augen. Wohlwollend beschrieb ich sie der jungen Georgette, die meinen Berichten zuhörte und immer unruhiger zu werden schien.

Von meinen Worten gewiegt, durch den Klang meiner eigenen Stimme abgelenkt, achtete ich überhaupt nicht mehr auf die Gestalt, die unablässig hin- und herschritt und das erschrockene Trio, das Georgette, der Hund und ich bildeten, gar nicht zu bemerken schien.

Wir mußten dennoch diese Passage verlassen und unseren Spaziergang fortsetzen.

Ich schlug meiner Begleiterin vor, den Weg, den wir gekommen waren, zurückzugehen, aber mit dem Eigensinn der Furchtsamen und der Beobachter sagte sie:

– Du bist aber gar nicht neugierig ...

Ich protestierte heftig, aber ich sagte ihr nicht, daß ich fürchtete, einem tragischen Schauspiel oder einem seltsamen Anschlag beizuwohnen; ich wagte nicht, ihr zu sagen, daß unsere Gegenwart zu dieser Stunde und an diesem Ort mir völlig unangebracht, vielleicht sogar verdächtig erschien. In meinen Arm eingehängt, betrachtete Georgette den Platz und schien mit Ungeduld darauf zu warten, den Grund für das Hin und Her all dieser Leute zu verstehen. Der Hund, der sich zu unseren Füßen hingelegt hatte, richtete sich auf seinen Vorderpfoten auf und spitzte die Ohren. So kündigte er uns das Nahen eines jungen Mannes an, der in der Passage, wo wir uns untergestellt hatten, Schutz suchte. Der Anblick unseres neuen Gefährten flößte mir kein Vertrauen ein. Der Kragen seines Mantels war hochgeschlagen und sein verblichener Schlapphut fast über die Ohren heruntergezogen.

Ohne den geringsten Gruß fragte er uns:

– Nichts Neues?

Ich zögerte nicht, ihm zu antworten:

– Nein, nichts, ohne mir klarzumachen, daß ich damit akzeptierte, sein Komplize zu sein.

– Sie kriegen ihn nicht, prophezeite er. Ich habe die von Volpe bezeichneten Straßen abgesucht und nichts gefunden.

Nachdem er dies gesagt hatte, lehnte er sich an die Mauer und nahm eine Haltung ein, die seinen Entschluß zeigte, lange auf die Fortsetzung der Ereignisse zu warten.

Der Hund, der bei diesem Geheimnis unser einziger Führer blieb, beschnüffelte die Gestalt und kehrte mit seiner Antwort zu uns zurück.

Die Hände in den Taschen seines Mantels, schien der junge Mann mit gleichgültiger Miene und offenen Augen zu schlafen. Ich konnte ihn mit Muße betrachten. Sein Gesicht war bleich und mager, er hatte einen kurzen blonden Schnurrbart, eine dicke Nase und blaßblaue Augen. Seine ganze Erscheinung hatte etwas unbestimmt Anonymes, und das machte ihn unsympathisch. Seine schlecht gebürstete und ungebügelte Kleidung ließ an einen stellungslosen und mehr denn je servilen Diener denken. Außerdem war ich sicher, daß er aus Berufsgründen die Nacht zum Tage machte. Seine Stimme, die mir zunächst kaum aufgefallen war, hallte in meinem Gedächtnis verstärkt wider: es war eine Baßstimme, wie sie nur magere Leute haben.

Lange Minuten, Minuten wie Sirup, flossen schweigend dahin. Manchmal zerschnitt eine Autohupe die Monotonie. Der Hund schien einzuschlafen und wurde eins mit dem Schatten. Der Mann mit der beigefarbenen Melone näherte sich unserem Zufluchtsort, und im Schein der Straßenlaterne konnte ich sein Gesicht erkennen. Was mir besonders auffiel, war seine sehr lange Nase und die sehr weißen Zähne. Beinahe ein Totenkopf aus Gips.

Endlich blieb er stehen, und mit einem Pfiff rief er Monsieur Lépine herbei. Dieser kam. Im Schein des schlechten Gaslichts machte er einen unterwürfigen Eindruck. Ohne sich zu rühren, warteten sie schweigend.

– Bist du es wirklich, Georgette? fragte plötzlich der bleiche Jüngling.

– Hast aber lange gebraucht, um mich zu erkennen, antwortete das Mädchen ganz unbefangen.

Zornig wandte ich mich um. Ich fragte mich, was dieser beunruhigende Dialog zu bedeuten hätte, und witterte wer weiß was für ein verdächtiges Abenteuer.

Ich fand mich schnell damit ab: indem ich meinen Mantelkragen hochschlug, wollte ich dieses so vertraute Paar verlassen und die beiden ihren Geschäftchen überlassen. Ein Trommelwirbel und die Neugierde ließen mich wie angewurzelt stehen bleiben. Es war ein dumpfer, beinahe erstickter Trommelwirbel, als hätte der Trommler gefürchtet, zu viel Lärm zu machen.

– Da sind sie, sagte Georgette.

Und tatsächlich sah man einen Umzug kommen, an dessen Spitze der Trommler schritt. Vier Männer umringten eine bleiche Frau mit offenen Haaren, ein verkrampftes Lächeln auf den Lippen, ein schmerzliches Lächeln. In ihren Armen trug sie so etwas wie eine Tasche.

Vor der »Statue de la République« blieben sie stehen. Der Mann mit dem beigefarbenen Hut, gefolgt von Monsieur Lépine, ging auf die Frau zu, die sich vor ihnen auf die Knie warf.

Ich hörte sie weinen. Sie hob die Hände. Die vier Männer, die steife Hüte trugen, zwangen sie, aufzustehen, und von der beigefarbenen Melone geführt, trieben sie sie in den Hof.

Ein Schrei! Dann sah ich die Frau hinauslaufen. Sehr schnell wurde sie wieder eingefangen. Da reichte sie mit einer mutlosen Gebärde dem Mann mit dem steifen Hut ihre Tasche und sagte nur ein kurzes Wort:

– Schwein.

Dann ließ sie sich vor dem Gitter des »Institut« besiegt auf den Boden fallen. Dicht am Rinnstein blieb sie unbeweglich liegen. Niemand dachte daran, ihr aufzuhelfen.

Die Männer entfernten sich, einer nach dem andern. Das Auto, in das der Mann, der die Tasche hielt, eingestiegen war, fuhr mit Höchstgeschwindigkeit davon; dann ging Monsieur Lépine, dann der Trommler, dann die Leute, die aussahen wie Bauarbeiter.

– Auf bald, sagte mein Nachbar und zog den Hut.

– Kommst du, Liebling? sagte Georgette zu mir.

– Sie, lassen Sie mich gefälligst in Ruhe!

Georgette, ohne sich über meine Heftigkeit zu wundern, wartete wie gezähmt. Ich wollte zu der Frau gehen, die unbeweglich auf dem Trottoir lag. Georgette erriet meine Absicht und bemerkte:

– Die wird schon ganz allein gehen.

Sturm des Schweigens. Kein Geräusch mehr, kein Lichtschein. Die Nacht war tief.

Die Frau, die aussah als ob sie schlief, machte nicht die geringste Bewegung, und die Stille deckte sie zu wie ein sanfter, tröstlicher Schnee.

Die Nacht von Paris hatte jetzt den ganzen Platz erobert, und die schwarzen Mauern, die Quais, die Brücke verschwanden, als wäre es für immer. In dem eintönigen Himmel wuchsen lange Lichtreflexe farbloser Regenbogen, Zeichen der Stadt und ihres erwachenden Tages.

Aller Illusionen beraubt, höchst erregt, wußte ich nicht mehr, was tun. Auf dem Trottoir lag die Frau mit von sich gestreckten Armen wie eine Gekreuzigte und schien zu flehen, daß man sie in Ruhe lasse. Georgette hatte sich, ohne ein Wort zu sagen, verzogen. Ich blieb beschämt und unruhig stehen. Nichts rief mich in die Nacht zurück. Eine seltsame Sorglosigkeit, die Pariser Sorglosigkeit, umhüllte die jüngsten Erinnerungen. Ich hatte weder Lust zu lachen noch mich zu rühren. Glücklicherweise näherte sich mir ein lebendiges Wesen, der Hund, und zwang mich, meine Indolenz abzuschütteln.

Ich hörte Schritte in der Rue de Seine, fast vertraute, schwere Schritte und lief ihnen entgegen, um auf die Frau aufmerksam zu machen, die dort lag.

Ohne sich zu beeilen (später, wenn ich daran dachte, fragte ich mich, ob er einem Befehl gehorchte) war der Polizist, auf den ich in der Rue de Seine stieß, vor allem um meinen Verstand besorgt. Woraus ich schloß, daß ich sehr entsetzt aussah.

Als wir den Platz erreichten, war die Frau verschwunden. Ein Taxi, so schien es mir, fuhr eilends davon.

Der Polizist zuckte die Achseln und gab mir aus Gewohnheit einen heftigen Rippenstoß, wie man ihn Betrunkenen verabreicht, damit sie weitergehen.

Tatsächlich ging ich weiter. Mit großen Schritten folgte ich den Quais in Richtung der Gare d'Orsay.

Melancholie, Melancholie, in jener Nacht verstand ich deine Macht und deine Knechtschaft. Mir schien, daß ich längs dieses Flusses eine Herde von Erinnerungen, von Bedauern, von Reue verfolgte, und als ich schließlich einige dieser Phantome fassen wollte, vergaß ich, vergaß ich für immer meine Manie oder meine Ratlosigkeit. Diese todtraurige Frau befand sich hinter mir; gewiß wartete sie noch, und ich weiß nicht, welche Angst mich vorwärtsstieß. Ich floh. Die große Uhr der Gare d'Orsay, die linke Uhr, schlug drei, die seltsamste aller Stunden, vergleichbar nur der neunten wegen ihrer gemeinsamen Zweideutigkeit.

Im Bahnhof war es kalt. Vergeblich suchte ich nach einem heilenden Alkohol. Kein Zug wurde erwartet, und es brannten nur noch einzelne Lampen. Aber wie nach einer Katastrophe schien der Bahnhof noch verlassener als die Quais. Niemand erwartete niemand. Vielleicht blieb mir nichts anderes übrig, als zu singen. Das Unglück verfolgte mich. Es war drei Uhr, und das war genau die Stunde der Ratlosigkeit. Von einer Treppe kam ein Geräusch, und alsbald erschien ein Matrose, der auf dem Rücken einen riesigen zylinderförmigen Sack aus heller Leinwand trug.

Taumelnd kam er auf mich zu, und während er seine freie Hand an die Matrosenmütze legte, fragte er:

– Paris?

Er hatte einen Riesenkopf, war blond und rot, ein Gesicht wie ein Würger mit schmalen Lippen, und seine Hände waren riesig und braun.

– Dies ist Paris.

– Danke.

Und immer noch taumelnd ging er weiter; dann legte er seinen Sack auf den Boden und kam zurück.

– Hätten Sie nicht 'ne Zigarette?

Er nahm eine aus dem Päckchen, das ich ihm reichte, und ohne mich zu fragen, zündete er sie an der Zigarette an, die zwischen meinen Lippen hing. Ich sah dieses riesige Gesicht, wie es sich meinem zuneigte, sah es den Rauch einatmen und ausstoßen, wobei es sich blähte.

– Danke, sagte er, und nach kurzem Schweigen fügte er hinzu:

– Es ist Nacht.

Der Hund, mein Begleiter, den ich aus den Augen verloren hatte, kam in die Bahnhofshalle galoppiert und direkt auf uns zu. Er beschnüffelte den Matrosen, scharwenzelte um mich herum, und während er eine lange gebogene Zunge aus dem Maul hängen ließ, legte er sich auf die selbstverständlichste Weise der Welt, dem Matrosen gegenüber, hin.

– Ist das Ihr Köter?

Ich antwortete bejahend, um keine Erklärung geben zu müssen, und wandte mich zum Gehen, gefolgt von dem bereits treuen Hund.

Aber der Matrose, der zu dieser ungewohnten Stunde wahrscheinlich nicht wußte, wohin, tat es dem Köter gleich und folgte uns mit seinem Sack auf dem Rücken, in der Hoffnung auf eine weitere Zigarette oder einfach, um eine Richtung zu nehmen. Ich hätte gern die Rollen vertauscht, da es mir unmöglich war, meiner Betäubung Herr zu werden und endlich zu entscheiden, wohin ich gehen wollte. Ich wartete auf die Kälte.

Wir kamen an der Abgeordnetenkammer vorüber, überquerten die Brücke und die Place de la Concorde, immer im Gänsemarsch.

Ich bog in die Champs-Elysées ein, in der Hoffnung, dort endlich ein bekanntes Gesicht zu treffen, eine altgewohnte Gestalt als Straßenmädchen verkleidet, eine aus dem Klüngel der Champs-Elysées, mit präzisen und speziellen Vorschlägen, eine von denen, die unaufhörlich ihre Runde um kleine

Baumgruppen machten wie um eine Lampe oder um eine Banknote. Ich wandte mich also der Seite des »Petit Palais« zu.

Im Schatten dieses Gebäudes, das auf den ersten Blick an ein Skelett erinnert, finden von Mitternacht bis fünf Uhr morgens geheime und schweigende Zusammenkünfte statt. Es heißt, daß dort seit dem Jahre 1920 an gewissen verborgenen Stellen etwa ein Dutzend Frauen erdrosselt worden sind. Dank gegenseitiger Gefälligkeiten schließt die Polizei die Augen und hält sich gern abseits von solchen Verbrechen, die um keinen Preis an die Öffentlichkeit dringen dürfen. Ich dachte, daß der Matrose diesen Frauen nicht entgehen würde, die andere Reize haben als Schönheit.

Eine dieser Frauen, die mehr schwebte als ging, näherte sich unserem Gänsemarsch und suchte durch Bewegungen ihrer Augen und Hände unsere Aufmerksamkeit auf sich zu lenken.

Von einem plötzlichen Einfall inspiriert, blieb ich stehen und fragte mit leiser Stimme – der einzige Ton, der sich für diesen Ort geziemt –:

– Ist Georgette hier?

Statt irgendeiner Antwort begnügte sie sich, dreimal leise zu pfeifen, und der Schatten gebar eine junge Frau, die ich erkannte: sie war es, die ich einen Teil des Abends begleitet hatte.

Als sie sich unserer Gruppe näherte, sagte ich mir, daß das, was ich für eine plötzliche Eingebung gehalten hatte, nur ein Gehorsam war, den man in Paris den herkömmlichen Gewohnheiten schuldet. Der Hund erkannte Georgette und bellte fröhlich, was die sofortige Wirkung hatte, den Matrosen zu erschrecken, der alsbald einige Schritte zurückwich.
– Wohin gehen wir?

Ich erwartete diese böse, tückische Frage. Es ist die Frage der Nacht, und Georgette sprach dieses ewige Wort nur laut aus.

Eine Frage mehr ohne Antwort, eine Frage, die man den Sternen, dem Schatten, dem Klima, der ganzen Stadt stellt.

Georgette, der Matrose, der Hund und ich selbst konnten nicht antworten, und wir verfolgten diese Antwort, indem wir auf gut Glück weitergingen, von einer unüberwindlichen Müdigkeit mehr hierher als dorthin getrieben.

Während wir mit weichen Schritten unter den Bäumen der Champs-Elysées entlangirrten, glaubte ich bei gründlicher Überlegung ein Ziel zu erraten, das Ziel aller nächtlichen Spaziergänger in Paris: wir waren auf der Suche nach einem Leichnam.

Wären wir plötzlich einem Menschen begegnet, der, vielleicht in Blut gebadet, ohne Leben auf dem Trottoir oder an eine Mauer gelehnt lag, wären wir sofort stehen geblieben und diese Nacht wäre zu Ende gewesen. Aber nur eine solche Begegnung hätte uns zufriedenstellen können.

Ich weiß, wir wissen, daß in Paris der Tod allein mächtig genug ist, um solche gegenstandslose Leidenschaft auszulöschen, um einen ziellosen Spaziergang zu vollenden. Ein Leichnam läßt uns das Ewige berühren.

O unverletzliches Geheimnis von Paris! Eine Hure, ein Matrose, halfen mir an jenem Abend, Dich zu erahnen.

Schatten, alle Schatten bevölkerten die Champs-Elysées; von ihnen mitgerissen, suchte ich tastend die Form des Geheimnisses.

Kälte entstand, dann ein weißer Schein ähnlich dem Hahnenschrei. Der Morgen brach an. Ich beschleunigte den Schritt.

Georgette, der Matrose und der Hund verschwanden geräuschlos.

Der Tag war geboren. Das betäubte Paris begann zu schlafen.

2. Kapitel

Der Zufall ist nichts anderes als
unsere Unkenntnis der Ursachen.

Lamarck

Erst am folgenden Tag gegen fünf Uhr erfuhr ich durch die Abendzeitungen einen Teil der Wahrheit und die unfreiwillige Rolle, die ich in einem Drama gespielt hatte.

Ich saß auf der Terrasse eines Cafés der Champs-Elysées vor einem kleinen Mokka, als ein schlecht gekleideter Greis mit schiefgetretenen Lackschuhen, ein Zeitungsverkäufer, der zu meinen Freunden gehörte, auf mich zukam und mir mit dem anmutigsten Lächeln eine Zeitung reichte:

– Ein schönes Verbrechen für Sie, sagte er.

Ich las, daß man dem Mörder, einem Matrosen des Kriegsschiffes »Chacal«, auf der Spur sei, der einen seiner Freunde zerstückelt hatte.

– Eigentlich ein banales Verbrechen, sagte ich leise. Ich war enttäuscht: tatsächlich war es zu dieser Zeit üblich, entweder im Kanal Saint-Martin, unter einem Kirchenportal oder in einem gewöhnlichen Torweg einen Haufen sorgfältig zersägter und zerschnittener Glieder in einem Sack zu finden. Was bei diesen Funden besonders auffiel, war die Tatsache, daß die Bestandsaufnahme regelmäßig das Fehlen des Kopfes oder der Hände des Opfers ergab. Vergeblich wurden die Kanäle abgesucht. Auch in der Stadt war das Suchen erfolglos. Kopf, Hände und Mörder waren unauffindbar, und die Polizei war in größter Aufregung. Manchmal, sogar ziemlich regelmäßig, wurde angekündigt, daß man dem Verbrecher oder – je nach Fall – dem Sadisten auf der Spur sei, aber kurz darauf wurde diese Spur als falsch erkannt. Der Schlachter oder der Koch, die verdächtigt worden waren, bewiesen siegesgewiß ihre Unschuld.

An diesem Abend verkündeten die Zeitungen mit bemerkenswerter Genauigkeit, daß ein Matrose verdächtigt wurde, der Mörder des zerstückelten jungen Mannes zu sein, der unter dem Pont-Neuf gefunden worden war. Auch ließ man durchblicken, daß es sich hier höchstwahrscheinlich nicht um den ersten Mord des Täters handelte.

Anscheinend hatte eine Frau, die Konkubine des Mörders, in dieser letzten Nacht, nur einige Meter von dem Ort entfernt, wo der zerstückelte Jüngling hingelegt worden war, die Sache verraten.

Ich erinnerte mich der seltsamen Ereignisse, deren Zeuge ich gewesen war, und ganz selbstverständlich machte ich aus den handelnden Personen die Hauptdarsteller des Verbrechens. Ort, Datum und Einzelheiten erlaubten mir den Gedanken, daß ich einige Gründe zu dieser Annahme hatte.

Ich verließ die Terrasse von Fouquet's, um mehr Ruhe zu haben, und in Gedanken vertieft trat ich in eine kleine, fast leere Bar, die an den Quais liegt, unweit der Brücke, über die die Métro fährt. Der Spaziergang half mir, meine Erinnerungen zu ordnen und die Erlebnisse der vergangenen Nacht an mir vorüberziehen zu lassen. Durch eine seltsame Illusion, die vielleicht nur eine simple Verirrung war, überzeugte ich mich nach und nach davon, daß ich dem furchtbaren Geständnis, der Folter dieser Denunziantin beigewohnt hatte und daß sie in meiner Gegenwart den Matrosen, ihren Geliebten, verkauft hatte. Ich wunderte mich – aus Unkenntnis, sagte ich mir – über all den Pomp, der diesen Verrat umgeben und provoziert hatte, über das ganze Gepränge, das bei dieser Gelegenheit entfaltet worden war. Gewiß, ich wußte nicht, daß die Polizei an solche spektakulären Folterungen gewöhnt ist und daß ein geschickt geführtes Verhör seit einigen Jahren die mechanischen Mittel ersetzt hat, die zu einem Geständnis führen.

Ich überlegte und fand, daß derartige Szenen in Paris im Jahre 1928 wirklich nicht aufgeführt werden können, daß solche Polizeimachenschaften lächerlich sind, ohne zu bedenken, daß ich in dieser Stadt, in der ich lebte, die mir zur Gewohnheit geworden war, nicht alle Geheimnisse und alle Winkelzüge kennen konnte. Bei diesen Überlegungen war ich angelangt, als ich die Tür der kleinen Kneipe aufstieß, deren Inhaber einer dieser Männer aus der Auvergne war, die im Verkauf von Brennholz und Haushaltskohle spezialisiert sind.

Ich setzte mich an einen Tisch, breitete meine Zeitungen aus und bestellte ein Glas Weißwein.

Trotz des Lärms auf dem Quai, trotz des periodisch sich wiederholenden Donners der Métro und des Vorüberbrausens der Lastwagen, las ich die Nachrichten wieder, die das Verbrechen und das Geständnis des Mordes betrafen.

Jemand hatte sich, der Sitte des Ortes gemäß, an meinen Tisch gesetzt.

– Formidabel, sagte er zu mir.

– Wovon sprechen Sie? gab ich zurück.

Er begann leise und ein wenig verächtlich zu lachen:

– Von dem zerstückelten jungen Mann.

Ich vergesse immer, wie schnell eine Verbindung zwischen zwei Menschen hergestellt wird, die an demselben Tisch sitzen. Er hatte meinen Gedanken erraten, der zweifellos deutlich fühlbar war. Er zuckte leicht mit den Achseln, als wollte er sagen:

– Aber was denn, wir sind doch Landsleute.

Wie er, so hatte ich auch Lust, von dieser »formidablen Geschichte« zu sprechen, und ich zögerte nicht, mich in ein Gespräch mit ihm einzulassen, denn ich betrachtete ihn sofort als Komplizen.

– Wenn dieses Weibsbild gestanden hat, wie es heißt, fuhr mein neuer Freund fort, werden sie ihn bald schnappen, denn zur Stunde hält der Dummkopf sich gewiß versteckt.

– Ich glaube nicht, daß er sich versteckt.

– Dann werden sie es schwer haben, die Hand auf ihn zu legen. Das will keiner je begreifen: solange man sich rührt, solange man lebt, wissen Sie, ist es ein Kunststück, einen ausfindig zu machen. Man ist eine bewegliche Schießscheibe. Wissen und nichts sagen und weiterleben, als ob nichts wäre und als ob man nichts getan hätte, das ist das Geheimnis. Ein Berufstrick – den kenne ich, und wie Sie sehen, sitze ich hier in aller Ruhe.

– Aber welchen Beruf üben Sie denn aus?

– Dieb. Das ist ein bißchen dasselbe, was? Und Sie?

– Keinen.

– Sie Glückskind. Oder vielmehr, nein, warten Sie, jedes Handwerk hat eine schöne und eine schlechte Seite. Dieb sein, ist herrlich. Es ist wie ein Wettlauf. Leider muß man immer als erster ankommen.

Solche Phrasen kannte ich, und wegen dieser Banalität in Wort und Gedanken sah ich sehr bald in meinem Gesprächspartner einen albernen Spaßvogel und hörte nur zerstreut zu. Er redete in der Art von Leuten, die zu lange ihre Zunge zurückgehalten haben, und sobald sie zu sprechen anfangen, können sie nicht mehr aufhören. Während er weiter das Lob des Diebshandwerks sang, prüfte ich ihn aufmerksam vom Kopf bis zu den Füßen, bemühte mich aber zugleich, es ihn nicht merken zu lassen. Höchst überflüssige Vorsicht, denn er redete und redete, ohne sich im geringsten darum zu kümmern, was ich tun oder sagen könnte. Er war ein junger Mann von etwa dreißig Jahren, groß und stark, mit schwarzen, stechenden Augen. Was in seinem Gesicht besonders auffiel, waren die beiden langen stark abstehenden Ohren und die Unterlippe, die beinahe das Kinn berührte. Dennoch hatte dieses Gesicht nichts Unnatürliches, und wenn man es ansah, wunderte man sich besonders über die Dreistigkeit, die es widerspiegelte. Seine feinen, gepflegten Hände gestikulierten. Sie waren es vor allem, die die Aufmerksamkeit auf sich zogen: geschickte, tätige, leichtsinnige Hände.

Nachdem ich die Prüfung beendet hatte, begann ich an meinen Zweifeln zu zweifeln, und ich sagte mir, daß es schließlich und endlich und sogar wahrscheinlich sei, daß ich es hier mit einem Dieb zu tun hätte. Dieses so prompte und spontane Geständnis, das mich zuerst an einen Spaß hatte glauben lassen, war vielleicht nur ein Zeichen dieser Kühnheit, die ich auf seinem Gesicht und in seinen Händen las.

– Wollen Sie wetten, sagte er zu mir, daß man vor Ablauf von zwei Tagen den Matrosen verhaften wird?

– Ich glaube es Ihnen, erwiderte ich, aber sind Sie sicher, daß der Matrose das Verbrechen begangen hat?

– Wahrscheinlich. Wenn sie nicht sicher wären, hätten sie es nicht in den Zeitungen geschrieben. Übrigens werde ich es nachher erfahren... Heute abend haben wir Versammlung, sagte er leise nach kurzem Zögern.

Er hatte die Flasche Weißwein geleert, die er bestellt hatte, und ich bot ihm eine neue Runde an. Die wirklich freundschaftliche Haltung dieses Mannes, der seinen »Beruf« mit einer Art Eleganz eingestand, erstaunte mich und machte mich mehr als neugierig.

– Um welche Versammlung handelt es sich?

Da erklärte er mir, daß er sich an bestimmten Abenden mit einigen Freunden träfe, um Meinungen über gewisse Angelegenheiten auszutauschen. Einer dieser Freunde, ebenfalls ein Dieb, gehörte zur Polizei und war also so etwas wie ein umgekehrter Angeber. Bei diesem Treffen würde er die Frage aufwerfen und bekäme wahrscheinlich von dem falschen Polizisten eine Antwort. Er warf einen Blick auf seine Armbanduhr und reichte mir plötzlich die Hand zum Abschied.

– Sie glauben mir nicht, was?

Ich hatte das unbestimmte Gefühl, daß er sein Geständnis

bedauerte und mich zu täuschen suchte, indem er mir einen Zweifel eingab.

Ich vertiefte mich wieder in die Zeitungslektüre, aber mit etwas weniger Interesse, denn mir schien, daß die Nachrichten, die darin standen, schon überholt seien.

Die Erinnerungen, die jedoch durch meine Unterhaltung mit dem Dieb mehr Farbe bekommen hatten, beunruhigten mich noch. Ich mußte eine wirkliche Anstrengung machen, um das wenig sympathische Gesicht des Matrosen, das ich vor Augen hatte, zu verjagen, des Matrosen, den ich in der Halle der Gare d'Orsay getroffen hatte. Die Einzelheiten der Szene, die ich die Geständnisszene nannte, zerstreuten sich schneller, gerade wegen ihrer Unwahrscheinlichkeit. Aber dieser Trödelfritze mit seinem Sack, dieser Matrose, der mir so hartnäckig gefolgt war, verfolgte mich weiter, und ich konnte nicht anders, als ihn »Mörder« nennen.

In einem kleinen Restaurant der Nachbarschaft dinierte ich eilends, und ohne besonderes Vergnügen begann ich meinen nächtlichen Spaziergang. Ich verließ die Quais, wo der Nachtwind seine Verwüstungen begann, betrat langsamen Schrittes den kleinen Trocadero-Garten, ging um die Krümmungen seiner verschrobenen Alleen. Manchmal unterbrach ich meinen Weg und setzte mich auf eine Bank. In diesem zögernden Spaziergang fand ich den abgerissenen Gang meiner Gedanken wieder, da ich die Grenze meiner Vorstellung und meines Gedächtnisses nicht bestimmen konnte. Das Gärtchen und seine winzigen Geheimnisse verdunkelten sich, ohne daß man darin die Nacht erkennen konnte. Man sah wohl den Schatten, aber ohne diesen leichten, nächtlichen Nebel. Durch die Bäume gesehen, gewann der Eiffelturm ein leidenschaftliches Aussehen und glich einem hochmütigen Bravourstück. Von Sternen umringt, verlor er seinen zahmen, gutmütigen Ausdruck, den die ersten Jahre des 20. Jahrhunderts ihm aufgezwungen haben.

Um diese Stunde war der Garten beinahe menschenleer.

Nur Stimmen erinnerten an seine Gegenwart. Ich träumte. Und er, der dort vor mir ich weiß nicht wem trotzte, entfernte mich von all diesen unnützen Debatten, diesen lästigen Fragen. Der Eiffelturm wurde lebendiger als ich. Ich wußte längst, daß die Betrachtung von unten, von seinen Füßen aus, ihn als metallisches Baukunstwerk erscheinen ließ, aus großer Ferne aber als Symbol, und daß er Aussehen und Charakter änderte, je nachdem, ob man ihn von Pantin, von Grenelle, von Montmartre oder von Point-du-Jour aus bewunderte.

Mit Hilfe meines Gedächtnisses amüsierte ich mich, seine Silhouette unendlich zu variieren, als ob ich ihn durch ein Kaleidoskop betrachtete. Diese Art von anmutiger Beweglichkeit machte ihn mir sympathisch, und er wurde mir wirklich ein Freund, lebendig und beinahe lustig. Und an diesem Abend ermutigte mich der Gedanke, ihn mir so nahe zu wissen. Ich achtete ihn, weil mir plötzlich bei seinem Anblick klar wurde, daß er allein mit der Nacht kämpfen konnte und daß er am Ende siegen mußte, da er höher, majestätischer im Schatten und im blauen Wind des Himmels erschien.

Ich verließ seinen Schatten und nahm meinen Spaziergang wieder auf. Ich lenkte meine Schritte in Richtung der Place d'Iéna und ließ den Trocadéro, traurig wie eine Ruine, zu meiner Rechten.

Als ich am Eingang zum Aquarium vorüberkam, das hinter Sträuchern versteckt liegt, hörte ich ein Geräusch von raschelnden Blättern. Jemand ging in meiner nächsten Nähe über den verbotenen Rasen. Ich stand still, um zu lauschen, und versuchte, etwas zu erkennen. Im Dunkel sah ich eine menschliche Gestalt, die sich langsam und gebeugt vorwärts schlich. Ohne mich zu rühren, beobachtete ich ihre Bewegungen. Sie sprang geräuschlos über das kleine Gitter, das jeden Abend das Betreten des Aquariums verbietet, und ging hinein.

Ich glaube, daß ich einer der seltenen Bewohner von Paris bin, der diese künstliche, verachtete Grotte kennt und häufig besucht. Oft gehe ich morgens in diese Felsenhöhle, um den Forellen zuzusehen, die unter den Pflanzen dahingleiten, und hingerissen bewundere ich die aufsteigenden Luftblasen, die schöner sind als Brüsseler Spitzen. Die Kühle des Ortes und besonders das opalisierende Licht scheinen mir noch bewunderungswürdiger als die stummen und lunaren Evolutionen der Fische, die man auf frischer Lebenstat ertappt. Durch die großen Glasscheiben sieht man die Karpfen altern und die Sonnenstrahlen spielen. Dieses Aquarium ist ein Geheimnis.

Die Geräusche, die ich gehört hatte, verstummten, aber meine Neugierde war erwacht. Was wollte dieser Mann zu dieser Stunde an diesem ungeeigneten Ort?

Ich zögerte nicht lange und folgte ihm. Ich kletterte über die Eisenstäbe, und so leise wie möglich stieg ich die ersten Stufen hinunter. Ein Geräusch von Stimmen, die wegen des Dunkels kaum vernehmbar waren, erreichte mein Ohr, aber ich konnte nur ein unbestimmtes Gemurmel erkennen und feststellen, daß dort mehrere waren, drei oder vielleicht vier. Mutig stieg ich drei weitere Stufen hinunter und machte einige Schritte, dicht an die Wand gepreßt. Ich erinnerte mich einer Ecke, wo der Architekt des Aquariums eine Bank eingebaut hatte. Ich hoffte sie zu erreichen, um mich zu setzen, und rechnete mit der Akustik, um die Unterhaltung mitanzuhören.

Am Eingang war finstere Nacht, aber vor den großen Karpfenbehältern wurden durch das Licht einer Lampe große leuchtende Wasservierecke gebildet, wo lange Fische im Halbschlaf schwammen. Im Hintergrund hoben sich Köpfe, bleich und hager, wie mir schien, von einem der Vierecke ab. Einer von ihnen fiel mir besonders auf, denn ich erkannte ihn, ohne ihm jedoch einen Namen geben zu können. Allmählich gewöhnte ich mich an dieses vernebelte Licht und konnte, ohne Furcht, bemerkt zu werden, fünf Männer zählen, die heftig diskutierten und sicher schienen, nicht gesehen und nicht gehört zu werden.

Ich hörte kaum zu, denn einerseits war ich über diese geheime Zusammenkunft erstaunt, andererseits eingenommen von diesem Dekor und dieser Nacht, in der Paris mir ein neues Geheimnis anvertraute.

Im Schutze des Dunkels und dieser Stunde wohnte ich dieser Versammlung bei, und allein mein Gedächtnis schien aktiv. Das Gesicht eines dieser Männer nahm meine ganze Aufmerksamkeit gefangen. Ich erkannte es, und wie man auf der Suche nach einer sich dauernd entziehenden Melodie in Wut gerät, so suchte ich nur noch den Namen des Mannes, den eine hartnäckige Erinnerung aus der Gruppe herausstellte. Ich verstand so plötzlich, warum es mir unmöglich war, diesen Namen zu finden, daß ich einen Ausruf kaum unterdrücken konnte. Denn dieser Name war mir unbekannt. Ich hatte meinen Tischnachbarn und Gesprächspartner aus der kleinen Kneipe erkannt, dem ich ein Glas Wein angeboten hatte.

Es war die »Versammlung«, von der er mir gesprochen hatte, der ich unabsichtlich und durch das, was man zu Unrecht Zufall nennt, beiwohnte. Von jetzt an lauschte ich gespannt, da es sich gewiß um den Plan zu einem Einbruch handelte. Meine Neugierde war entflammt. Plötzlich fiel ein Name, und sein Klang erreichte mich, weil er mir gewohnt war: Georgette.

Die Finsternis, aus der diese Flamme, ein Vorname, emporzüngelte, machte jede Überlegung zunichte und begünstigte bis zum Rausch die Träumerei. Gewiß kam es mir in diesem Falle nicht zu, das Irrlicht zu verfolgen, das unter dem Namen Georgette durch dieses Labyrinth geisterte. Es drehte sich mit der Geschwindigkeit meines Gedankens. Ich konnte mir nicht vorstellen, daß diese Frau ihre Gegenwart eine Nacht nach der anderen aufzudrängen vermochte. Spiel der

Flammen und Spielball der Winde. Jemand rief nach Georgette. Sie war da. Beim Ruf ihres Namens richtete sie sich tatsächlich auf, und im Rahmen eines Fischbehälters sah ich sie lächeln.

Sie erzählte die Szene, der wir letzte Nacht schweigend beigewohnt hatten. Sie sprach leise, aber ich kannte das Lied, und es war leicht, die Löcher des Gewebes, das sie entfaltete, zu stopfen. Ich erwartete Empfindungen, Ausschmückungen, aber ihr Bericht hatte die Trockenheit und Genauigkeit eines Rapports. Manchmal fügte sie einen Kommentar hinzu, Beschimpfung oder Zustimmung, was aber nicht erlaubte, ihre Meinung zu kennen.

Nachdem ihr Bericht beendet war, erklärte sie:

– Jules war dabei und ein anderer, den ich noch nicht kannte.

– Verdächtig? fragte einer.

– Nein, erwiderte sie verächtlich, und Jules betonte:

– Unbedeutend.

Mein Ohr hatte sich an das Helldunkel ihrer Stimmen gewöhnt, und ich folgte leicht der Fortsetzung ihres Gespräches.

– Ich meine, sagte einer von ihnen, daß es noch einige Zeit dauern wird, bis sie den Matrosen verhaften, aber sie werden bestimmt das Bedürfnis verspüren, Razzien zu veranstalten. Wir müssen auf der Hut sein. Sobald wir die Sache von heute nacht hinter uns haben, bereiten wir unsere Alibis vor. Einverstanden, Jules?

– Ja, ich übernehme es, sie von der Spur abzubringen, antwortete Jules, der eine tiefe Baßstimme hatte.

– Machen wir uns aus dem Staub.

Geräuschlos ging Georgette hinaus. Etwa fünf Minuten vergingen. Jetzt war die Reihe an meinem Tischnachbarn, das Aquarium zu verlassen. Einzeln, in kurzen Zeitabständen, räumten die anderen das Feld.

Da ich ihr Verfahren nicht kannte, wartete ich eine halbe

Stunde, bevor ich hinausging: die Allee war menschenleer. Ein verlorener Damen-Regenschirm lag auf dem Trottoir, und einige Schritte weiter, auf einer Bank, war ein Handschuh vergessen worden. Die Nacht von Paris füllte sich mit Schatten, und diese verlorenen Gegenstände sahen aus, als wären sie Komplizen.

3. Kapitel

Ich floh ihn durch Nächte und Tage;
Ich floh ihn unter den Bögen der Jahre;
Ich floh ihn durch das Labyrinth meines eigenen Geistes;
Und in dem Brodem der Tränen
Und unter der Flut des Gelächters, verbarg ich mich vor ihm.

Francis Thompson

Die Tage, die dieser Nacht folgten, sahen den Wolken ähnlich. Unbeweglich und stumm hinterließen sie keine Spur, kein Bedauern. Paris war schwarz und blicklos. Ich glaube, es regnete leise, aber sofort trocknete der morose Wind die geringste Erinnerung daran.

Paris füllte sich mit Langeweile, dann schlummerte es, als wollte es verdauen. Dies war gewiß der Augenblick, um Schritt für Schritt den Träumen zu folgen.

Und dennoch, jeden Abend stand eine kleine Pendeluhr, die dazu diente, die Zeit und die Langeweile zu beobachten, um elf Uhr fünfunddreißig still, als antwortete sie auf das Signal der Stadt. Nichts konnte diese bestürzende Regelmäßigkeit erklären. Entweder man akzeptierte diese Beständigkeit wie eine Huldigung oder sah in ihr eine Gewohnheit. Aber am vierten Tag gegen halb zwölf schlug mein Herz, weil ich hoffte, daß die kleine, patentierte Pendeluhr diese Gewohnheit verlieren würde. Um elf Uhr fünfunddreißig stand die Pendeluhr vor meinen Augen mit einem bedeutsamen Geräusch still. Und es klingelte an der Tür. Man brachte mir eine Botschaft. Es war der Bote eines Hotels; er trug eine Schirmmütze und forderte für den Brief ein Trinkgeld. Einer meiner Freunde bat mich, ihm einen großen Dienst zu erweisen und ihn in einem Hotel des Pariser Zentrums aufzusuchen. Ich gehöre nicht zu jenen Leuten, die Wunder leugnen, und wenn ich mich befrage, bin ich bereit zu behaupten, daß ich allein auf sie rechnen kann. Das flache, kalte, unbebaute, trockene Gebiet der möglichen Dinge hat mich als Ziel eines Spaziergangs nie gereizt.

Dieser von der Vorsehung gewollte Brief war ein heimlicher Ruf, den Paris an mich richtete, Paris, das mich brauchte und sich zu diesem Auftrag wieder einmal des Namens eines Freundes bedient hatte.

Ich sprang in das einzige Taxi, das an der Haltestelle stand und ungeduldig mein Kommen zu erwarten schien. Der Chauffeur hatte beim Öffnen des Wagenschlages ein »wissendes« Lächeln, das mir kaum einen Zweifel ließ. Voller Eifer und so schnell wie möglich führte er mich in das genannte Hotel. Ich bemühte mich, bei jeder Uhr, der wir auf dem Weg begegneten, nach der Zeit zu sehen, aber bei der siebzehnten war ich erstaunt festzustellen, daß alle, ohne Ausnahme, und trotz der zurückgelegten Entfernung, elf Uhr fünfunddreißig Minuten anzeigten. War die Zeit stehen geblieben? Der unerschrockene Chauffeur trieb seinen Motor an und schien die Wichtigkeit seines Auftrags zu verstehen, Wichtigkeit, die ich selbst in diesem Augenblick nicht ahnte. Das Taxi hielt vor dem Hotel der Rue Saint-Honoré, und sobald ich die Fahrt bezahlt hatte und auf dem Trottoir stand, entfernte es sich.

Das kleine Hotel liegt zwischen zwei Häusern eingezwängt, und in jeder Etage ist nur Platz für ein Fenster. Es ist grau, schmutzig, beinahe wurmstichig. Unaufhörlich fegt der Wind an ihm vorüber. Sein Schatten macht ein Loch. Zwei Juwelierläden rahmen es ein und werfen täuschende Lichtflecken wie Leuchtkäfer auf das Trottoir. Ich ging in das Hotel hinein, wobei ich fürchtete, mich zu irren.

Eine unnatürlich dicke Frau kam mir lächelnd entgegen. Sie war fürchterlich geschminkt und so freundlich, daß sie mir unpersönlich erschien.

– Ihr Freund Jacques erwartet Sie, sagte sie zu mir. Zimmer vier, dritte Etage.

Die Treppe war abstoßend schmutzig. In den Ecken standen Hausgeräte und verblühte, vertrocknete Blumen, aber künstlerisch angeordnet.

Ich öffnete die Tür des Zimmers Nummer vier, nachdem ich vergeblich auf eine Antwort gewartet hatte. Jacques schien zu weinen.

Er ist ein sympathischer Junge und behauptet, Vertrauen und Güte seien die Qualitäten, die er allen anderen vorziehe. Zugleich aber ist er außerordentlich und maßlos egoistisch, zieht Nutzen daraus und rühmt sich dessen. Natürlich hatte ich ihn noch nie weinen sehen, und ich stellte fest, daß er sich im Grunde nicht gut auf das Tränenvergießen verstand.

– Mein armer Freund, sagte er.

Jacques beklagte mich, bat mich um Verzeihung; schließlich begriff ich, daß er verliebt war und zwar auf die ernsthafteste Weise der Welt, ohne Grund, ohne Vergnügen, mit einem verwirrenden Eigensinn.

Jacques ist egoistisch, aber auch starrköpfig.

Er begann mir von seinen Spaziergängen in Paris zu erzählen und von den Freuden, die sie ihm bereiteten, um schließlich zu der Begegnung zu kommen, die er als außergewöhnlich qualifizierte. Eines Nachts gegen zwei Uhr saß er auf der Terrasse eines Cafés und sah die Passanten vorübergehen; die Passantinnen aber faßte er scharf ins Auge. Gleichsam sich selbst zum Trotz wollte er eine kleine Frau ansprechen, die sich ihm mit allzu ausgeprägter Würde näherte, wie junge Frauen es tun, wenn sie aus dem Theater kommen. Er folgte ihr mit der Absicht, sie bald anzusprechen, aber es war vergeblich, denn sie beschleunigte den Schritt, sobald sie spürte, daß Jacques Terrain gewann.

Sie zog ihn mit sich an das Seineufer, aber anstatt den Quais zu folgen, schlich sie sich in den eisigen Schatten des Louvre, an den Gittern entlang, die anstelle der Gräben errichtet worden sind.

So gelangten sie bis zur Kirche Saint-Germain-l'Auxerrois. Die junge Frau blieb einige Sekunden lang stehen, um etwas an ihrer Kleidung zu befestigen, und Jacques benutzte die Gelegenheit, um sie zu fragen, wohin sie ginge, aber sie antwortete nicht. Sie nahm ihren Marsch wieder auf und bog in die Rue des Prêtres-Saint-Germain-l'Auxerrois ein. Jacques war neben ihr und konnte ihr Gesicht, das plötzlich durch den Schein einer Straßenlaterne beleuchtet wurde, aus der Nähe sehen. Er fand es bleich und reizvoll, und diese Feststellung ließ ihn den Entschluß fassen, etwas zudringlicher zu werden. Er ergriff sie beim Arm und bat um die höchst überflüssige Erlaubnis, sie begleiten zu dürfen. Aber mit einer heftigen und energischen Bewegung machte sie sich von ihm los und lief einige Schritte weiter. Da verlor Jacques für einen Augenblick den Mut. Er wandte sich um, bedauerte aber sofort seinen eben gefaßten Entschluß und wollte die Verfolgung wieder aufnehmen. Aber es war niemand mehr zu sehen. Gereizt von diesem Verschwinden, das seine Pläne durchkreuzte, suchte er voller Unruhe nach der jungen Frau. Es war vergeblich. Er wartete und wagte nicht, dieses unheilvolle Gäßchen zu verlassen, wo er immer noch hoffte, das reizende Gesicht wiederzusehen. Eine Stunde verging. Er hörte einen Schrei, dann eine Art Gemurmel. Jacques ist egoistisch und natürlich sehr wenig neugierig. Er wandte sich ab von der Richtung, aus der er den Schrei gehört hatte, und verließ die Rue des Prêtres-Saint-Germain-l'Auxerrois. Entmutigt und sehr unzufrieden rief er ein Taxi und ließ sich nach Hause fahren.

Aber trotz der Verfolgung, trotz des Wartens und der Enttäuschung gestand mir Jacques, daß er nicht hatte schlafen können und daß er in jener Nacht nur fähig war, an die Leere der Stunden zu denken, die in schmerzlichem Schweigen verflossen wie ein Gebrumm.

Er bat mich um einen Rat. Zwei Tage und zwei Nächte ohne Schlaf, zwei Nächte, in denen er gekämpft hatte, sei es, um zu vergessen, sei es, um sich an ein bleiches Antlitz zu erinnern. Gestern endlich, außer sich und am Ende seiner

Kraft, war er mehreren Frauen nachgegangen, hatte mit dreien geschlafen, hatte getrunken, war spazierengegangen, und der Tagesanbruch hatte ihn in diesem Hotelzimmer an der Seite einer älteren Frau gefunden, die ihm schändliche, trostlose Obszönitäten vorschlug. Betäubt, aber wach war er bedächtig durch Paris gewandert, hatte seine Spaziergänge in Gedanken nachvollzogen, war besiegt und zu allem entschlossen, unfähig auszugehen, ja, auch nur aufzustehen.

Ich zögerte nicht lange und riet ihm lebhaft, diese Frau zu finden; ich schlug ihm sogar vor, ihm bei seinen Nachforschungen zu helfen.

Wir beeilten uns, das Zimmer zu bezahlen, und ohne einen Augenblick zu verlieren, begaben wir uns an den Ort seiner Begegnung, denn ich war überzeugt, daß die bleiche junge Frau in dieser Nacht den gleichen Weg gehen würde wie in allen anderen Nächten.

Vor rot schimmerndem Alkohol warteten wir auf die günstigste Stunde, betrachteten aufmerksam die Gesichter und diskutierten die Chancen der Nacht.

Während die Nacht voranschritt, machten wir, um eine unergiebige Unterhaltung abzubrechen, Bemerkungen über die Veränderung in dem Gäßchen, das wir beobachteten. Jede Viertelstunde erlebte Ebbe und Flut. Dann kam Unruhe über uns, denn es nahte die Stunde, da Jacques seiner Liebe begegnet war. Und in diesem Augenblick war es nicht mehr eine Frau, die wir belauerten, sondern eine Gewißheit, die wir herbeiwünschten; wir schwebten in Ängsten wie beim Roulett, wenn man wartet, bis die Kugel endlich die Nummer gefunden hat. Im Flackern des Lichtes erkannten wir, daß alles noch in der Schwebe war; im Schwanken der Straße wurden wir uns der langen Minute bewußt, die der Gewißheit vorangeht.

Wir schwiegen beide, und einmütig hefteten wir die Augen auf die Straßenecke, wo sie erscheinen mußte.

Im Augenblick, da das Schweigen wirklich unerträglich

wurde, empfand ich das unabweisbare Bedürfnis (ich übertreibe nicht), Jacques das seltsame Drama zu erzählen, dem ich beigewohnt hatte, und die Spaziergänge, die Begegnungen, die Ereignisse, die darauf gefolgt waren. Aber ohne es zu wollen, gab ich Paris die erste Rolle.

Trotz des Lampenfiebers, das ihn offensichtlich überfallen hatte, wie es über einen Schauspieler oder einen Spieler kommt, geriet Jacques außer Atem und unterbrach meine Sätze mit:

– Und dann?...

Ich zögerte, ihm die ganze Wahrheit zu sagen, selbst erstaunt über diesen Bericht, in dem der Zufall meinem Gehen und Kommen und allen meinen Begegnungen den Anschein eines Wunders gab.

Aber als ich den Namen Georgette aussprach, sah Jacques mich böse an:

– Sei still, sagte er, da ist sie!

Tatsächlich sah ich eine bleiche, junge Frau mit langsamen, kurzen Schritten aus dem Dunkel hervortreten.

Unser Entschluß war schnell gefaßt: in einigen Metern Abstand gingen wir hinter ihr her, hinter Georgette, die ich erkannt hatte und die Jacques zu lieben glaubte.

Als wir vor dem »Institut« vorbeigingen, drückte Jacques meinen Arm, als bekäme er Angst. Die Dunkelheit war so tief, daß man bei jedem Schritt glaubte, sich zu stoßen. Jacques erinnerte sich vielleicht besser als ich an meinen Bericht. Er suchte die Spuren und fand in dem beängstigenden Dekor meine Beschreibungen wieder.

Ich war ruhiger beim Wiedererkennen der Gegend; sie schien mir besonders in dieser Nacht wie eines der Gesichter von Paris. Als wir uns den Quais näherten, wo Georgettes Schatten sich deutlich abhob, wunderte ich mich dennoch, wieder an diesem Ort zu sein, der mir noch tragischer erschien, als ich ihn mir seit den großen Ereignissen vorgestellt hatte. Ich begriff die überwältigende Macht der Erinnerung.

Ich glaubte zu Unrecht, das Brausen des Windes, die ärmlichen Lichter der Straßenlaternen, das leckende Geräusch des Flusses zu erkennen. Die Daten gerieten durcheinander. Die tiefen Schatten und die Gegenwart dieser Frau vernichteten die Zeit.

Ich hatte Lust, Georgette zu rufen, und wäre Jacques nicht gewesen, dann, glaube ich, hätte ich geschrien, um diese Fata Morgana der Erinnerung und der gegenwärtigen Minute zu unterbrechen, um die Vergangenheit von der Gegenwart zu trennen, um die Zeit zu zerstückeln. Er aber wollte nicht von diesem Schatten ablassen, der seinen Weg weiterging. Jacques war tatsächlich begieriger zu erfahren, wohin sie ging, als sie beim Arm zu packen oder ihre Lippen zu küssen. Ich begriff, daß er eigentlich mehr in dieses Geheimnis verliebt war als in die Frau, die ihrem Schicksal folgte.

Unweit des Pont-Neuf wurde sie mit jemandem einig, der mit seiner Baskenmütze aussah wie ein Student. Sie führte ihn in ein Hotel. Entschlossen wandte sich Jacques an die Hotelwirtin und erhielt gegen Bezahlung das Nachbarzimmer des Raumes, in dem der Student sich entkleidete. Wir waren enttäuscht von der Banalität dieser Begegnung. Georgette verlangte zuerst ihren Lohn; dann, nachdem sie wegen der geringen Summe protestiert hatte, erklärte sie, es eilig zu haben, denn sie sei mit einem Spanier verabredet.

Jacques und ich konnten unsere Freude nicht verbergen. Georgette war also nichts weiter als ein banales Freudenmädchen, und wir, der eine wie der andere, hatten sie mit einem Geheimnis umgeben, das komplett erfunden worden war. Schon neigten wir dazu, unsere Verfolgung aufzugeben oder, um es vom Herzen zu haben, mit Georgette zu schlafen.

Als aber die charakteristischen Geräusche und das darauf folgende Schweigen uns ankündigten, daß alles zu Ende war, verließen wir das Zimmer und nahmen unsere Überwachung an dem Hoteleingang wieder auf. Wir wollten doch wenigstens wissen, wer der Spanier war.

Georgette nahm ihren Marsch durch Paris und die Nacht wieder auf. Sie schritt voran und verjagte die Trauer, die Einsamkeit, die Angst. Besonders zu dieser Stunde machte sich ihre seltsame Macht bemerkbar: sie verstand es, die Nacht zu verklären. Dank Georgette, die doch nur eine von Tausenden war, wurde die Nacht von Paris ein unbekanntes Gebiet, ein ungeheures, wunderbares Land voller Blumen, Vögel, Blicke, Sterne, eine in den Raum geworfene Hoffnung. Sklave meiner Gedanken, dachte ich an ein Velodrom.

Jacques machte mich zunächst darauf aufmerksam, daß Georgette, trotz ihrer Behauptungen, es gar nicht eilig zu haben schien und außerdem, daß sie genau den gleichen Weg nahm wie damals, als er sie zum ersten Mal getroffen hatte. Er dachte an eine übergroße Turmuhr.

In jener Nacht, als wir Georgette folgten oder genauer gesagt, verfolgten, sah ich Paris zum ersten Mal. Die Stadt war also nicht immer dieselbe. Sie erhob sich über Nebeln, drehte sich um sich selbst wie die Erde, weiblicher als gewöhnlich. In jeder Einzelheit, die ich bemerkte, war sie ganz vorhanden. Und Georgette selbst wurde eine Stadt. Als wir den Palais-Royal erreichten, gab mir Jacques zu verstehen, daß er lieber allein sein wollte. Er dankte mir und versprach, mir Fortsetzung und Ende seines Abenteuers zu erzählen.

Ich verließ ihn also, aber ohne Eile und ohne Bedauern. Die Avenue de l'Opéra war nicht mehr der Fluß, dem ich immer gefolgt war, auch nicht die Straße, die man sich vorstellt. Sie war ein großer, glitzernder Schatten wie ein Gletscher, den man erobern und dann umarmen mußte wie eine Frau.

In der Ferne trieb der Eisberg, die große Masse der Oper, die unter dem Gewicht des nahen Morgens schwankte. Ich wartete von einer Minute auf die andere, daß dieser Berg sich plötzlich auf den Kopf stellte und daß die Glocken auf dieses Signal warteten, um ihr Angelusgeläut loszulassen.

Am folgenden Tag und an den anderen Tagen wartete ich vergeblich auf Nachricht von Jacques. Ich rief ihn an.

Er antwortete mir, er hätte mit Georgette geschlafen.
– Und dann? fragte ich.
– Nichts von Bedeutung, antwortete er. Dann sprach er von etwas anderem.
Aber in diesem Augenblick brach im Osten von Paris ein Unwetter los.

4. Kapitel

Ich war selbstverständlich entschlossen, nicht so ohne weiteres die Spuren dieser seltsamen jungen Frau zu verlassen, deren Laufbahn noch sonderbarer schien als ihr Schatten. Ich hoffte sehr, sie eines Nachts wiederzufinden und sie nicht mehr aus den Augen zu lassen, ohne ihre wirkliche Identität entdeckt zu haben.

Ich erinnerte mich vor allem an ihr Kindergesicht, in dem sich aber schon Zeichen des Alters bemerkbar machten. Ihre Bewegungen hatten etwas beunruhigend Zickzackartiges, zugleich aber waren sie anziehend. Um sie herum brodelte ein mehr oder weniger farbiger Dampf.

Gewiß, ich wußte, daß sie allem Anschein nach nur eine banale Prostituierte war, wie sie in Paris herumlaufen und die sich alle, wie man so sagt, mehr oder weniger ähnlich sehen. Georgette war trotzdem anders, und darin lag ihr Zauber; der Schein trog offenbar.

Hinter diesem Alltagsschleier, unter der Schminke, war ihre Nacktheit nahe, und man konnte sozusagen ihren Duft atmen, der ihr gehörte, ihr ganz allein.

Aber was ihrer Erscheinung einen ganz anderen Zauber gab, war die Tatsache, daß sie einem Schatten glich. Man hatte Grund, sich zu wundern – und das tat ich auch – über die gewisse Macht, die ihr erlaubte, einer Beurteilung zu entgehen. Bald glich sie dem Schimmer des Lichtes, bald dessen Geschwistern, den Schatten. Sie entzog sich der Erinnerung und den Worten wie ein Fisch, der davongleitet. Sie verschwand und blieb dennoch gegenwärtig, ja, sie wurde sogar hinderlich und riesenhaft.

Ich konnte sie mir nicht besser vorstellen als durch diese Worte: das Lächeln eines Schattens.

Daß dieses Bild ihr entsprach, wurde durch ihre Lebensart bestätigt. Sie liebte nur die Nacht, die sie sich jeden Abend zu eigen machte, und ihre Art und Weise wurde erst wirklich, wenn sie sich aus dem Licht entfernte, um in die Finsternis einzutreten. Wenn man sie aufmerksam betrachtete, konnte man sich nicht vorstellen, daß sie tagsüber lebte. Sie war die personifizierte Nacht, und ihre Schönheit war nächtlich.

So, wie man völlig unbewußt sagt: hell wie der Tag, so konnte man Georgette nicht anders bezeichnen als: schön wie die Nacht. Ich denke an ihre Augen, an ihre Zähne, an ihre Hände, an diese Blässe, die sie ganz und gar bedeckte. Und ich vergesse nicht die Frische, die sie begleitete. Mir scheint, daß Georgette mit dem Vorrücken der Nacht begehrenswerter wurde, daß jede Stunde sie mehr entkleidete und ihre Nacktheit zur Erscheinung brachte.

Alles das sind Erinnerungen, die sich verirren und Feuer fangen; alles das sind Begierden der Nacht, aber Georgette hatte verstanden, daß sie, um schön und begehrenswert zu sein, mit der Nacht eins werden müsse, mit dem immer gegenwärtigen Geheimnis.

Ich suchte sie, und dieses Suchen brachte sie mir näher. Der Zufall ist allzu überraschend. Ich suchte sie, und bald konnte ich ihr begegnen.

Ohne Melancholie, aber mit überraschender Hartnäckigkeit machte sie die Runde um eine Häusergruppe, die die Rue de Seine von der Rue de Buci trennt. Manchmal blieb sie vor einem Café stehen und sah die Gäste der Reihe nach an, zuckte die Achseln, als sie bemerkte, daß einige von ihnen »Manille« spielten. Gegen elf Uhr, als die Cafés schlossen, ließ sie diese Straßen hinter sich und ging in Richtung der Seine weiter. Wurde sie von einem Mann angesprochen, sah sie ihn schnell mit prüfendem Blick an, und meistens antwortete sie, er möge seines Weges gehen. Manchmal nahm sie einen beim Arm und ging mit ihm in ein kleines, düsteres Hotel. Bald darauf nahm sie ihren Spaziergang wieder auf. Oft wurde sie von fröstelnden oder – was weiß ich – verschämten Frauen angesprochen, und ich wunderte mich, daß sie deren Angebote nie zurückwies. Ihr Verhalten war von einer solchen Regelmäßigkeit, daß ich der erste war, der darüber lachte.

Mehrere Nächte konnte ich sie beobachten, ohne daß sie von dieser Überwachung etwas merkte. Eines Tages jedoch erkannte sie diesen Fußgänger. Sie kam auf mich zu und fragte:

– Wie geht es Ihnen?

Dann nahm sie ihren Weg wieder auf. Ich folgte ihr, als sie die Rue de Seine verließ. Sie ging in die Richtung der Quais und überquerte schnell den Pont-Neuf. Vor Saint-Germain-l'Auxerrois angelangt, beschleunigte sie den Schritt und bog in die kleine Rue des Prêtres-Saint-Germain ein. Sie schien im Dunkel verschwunden zu sein. Aber bald sah ich sie wieder, unweit der Louvre-Gitter. Sie kannte ihren Weg so gut, daß es schien, als folge sie ihm mit geschlossenen Augen. Ich konnte ihre gesenkten Augenlider sehen. An diesem Abend schien sie nicht zu merken, daß ich einige Meter hinter ihr herging. Der Wind pfiff und sang nicht weit von den großen Orgeln des Louvre. Ein Spaziergänger ließ seinen Stock über das Gitter streichen, albernes Xylophon der Bummler. Der verlorene Schatten des großen Gebäudes bildete einen Hintergrund, und die unsichtbaren Sterne kreisten wie um ein Zifferblatt.

Georgette nahm kleine Schritte wie eine Spaziergängerin, die viel Zeit hat und es sich zunutze macht, aber anstatt ihren Spaziergang vor den Auslagen der halb geöffneten Läden zu unterbrechen, stand sie still, um den Himmel zu betrachten oder manchmal auch, um sich in einem Spiegel anzusehen.

Sie fürchtete weder Kälte noch Regen, noch die Drangsal des Windes.

Unter den Arkaden der Rue de Rivoli fand sie Gefallen daran, ihre Hände einer genauen Prüfung zu unterziehen; noch öfter geschah es, daß sie ein Liedchen sang, von dem einzelne Töne bis zu mir drangen, selten jedoch, weil sie nur für sich sang.

Natürlich blieben Männer stehen, um sie anzusprechen, und sie hörte ihnen freundlich zu, antwortete ihnen in sanftem Ton, sei es, um ihren Vorschlag anzunehmen, sei es, um ihn abzulehnen. In jeder kleinen Straße kannte sie winzige, düstere Hotels.

Georgette schien niemals zu zögern. Als sie vor dem Palais-Royal stand, wo metallische Kälte an den Wänden herabsickerte, wickelte sie sich fester in ihren Mantel, zog ihren Hut ein wenig tiefer ins Gesicht, und entschlossenen Schrittes erreichte sie die Galerien. Frauen mit gebeugtem Rücken und verstörten Augen gingen dort mit kleinen Schritten auf und ab. Niemals unterbrachen sie ihren Weg, immer hielten sie den Blick auf den Boden geheftet, die Hände auf ihrem Leib verborgen. Jedesmal, wenn Georgette an einer dieser Frauen vorbeiging, sagte sie »Guten Abend«, und dieser Gruß klang wie ein Gelächter.

Wer sich in diesen Winkel hineinwagt, wird minutenlang von einer sanften Furcht ergriffen. Musik ist plötzlich gegenwärtig; sie dreht sich wie Rauch. Gewiß, man kann nicht sagen, daß sie wahrnehmbar sei, aber sie erregt und drängt sich auf. Sie schleicht durch die öden Alleen, hängt sich an die Zweige der Sträucher, zermalmt die Statuen. Diese Musik ist da, wenn man sie auch nicht mehr hört, denn zu dieser Stunde ist sie nur noch die Erinnerung an Musik. Oft sieht man die Form eines Fensters als Lichtschein hoch oben in einem Flügel des Palastes. Und man weiß, daß man sich in einem Gefängnis befindet, weil die Nacht entschieden die stärkere ist.

Georgette allein war dieser Macht nicht unterworfen, die über dem Garten lag und an den langen, monotonen Gebäuden leckte wie Flammen. Sanft schritt sie durch die Hindernisse, die von den Stunden der Nacht errichtet worden waren, Hindernisse, die man für Leichen dieser Stunden halten konnte. Ein finster blickender Mann, immer derselbe, ging mit Riesenschritten durch die vier Galerien. Er folgte einem Traum und schlug sich mit einem anderen Traum. Georgette blieb stehen, um ihn zu berühren. Er aber wandte sich nicht um.

Im Palais-Royal sah ich Georgette ihr Handwerk treiben. Ihre Bemühung und die Aufmerksamkeit, die sie allen Dingen entgegenbrachte, ließen keinen Zweifel aufkommen. Wenn der Zufall oder die Gewohnheit einen Mann verfolgte, neigte sie sich über dieses Opfer und zeigte ihm ihre Hände. Aus einer gewissen Entfernung gesehen, glich dieses Treiben einem Wunder. Sie zog diesen Mann sanft, aber entschieden in eine der Ecken, die die Finsternis in ein Loch ohne Boden verwandelt. Und da...

Sie kehrte sehr schnell in das Hell-Dunkel zurück und flatterte wie ein Vogel. Immer mit der gleichen sachlichen Bewegung drückte sie ihren Hut ein wenig tiefer ins Gesicht, wickelte sich fester in ihren Mantel, und während sie ging, lag sie auf der Lauer. Die Nacht schritt voran. Der Lichtschein oben erlosch, und Georgette ging weiter ihren Weg. Noch einmal machte sie die Runde um den Garten, aber ihr Gang zeigte deutlich, daß es die letzte war.

Immer wie ein Vogel, schlüpfte sie aus dem Palais-Royal und ging mit noch eiligerem Schritt in die noch ganz blaue Rue Saint-Honoré. Die Stunde schien Georgette zu beunruhigen, denn sie ging schneller und schneller. Sie war eine banale Frau geworden, die es eilig hat und frühzeitig zur Arbeit geht, eine fröstelnde Frau, die gerade aus dem Bett gestiegen ist. Zweifellos war es das Vorgefühl des Tages. Sie blieb jedoch einige Minuten vor dem Hotel stehen, wohin Jacques mich gerufen hatte. Es erschien noch geisterhafter und unheimlicher als damals: es sah aus wie ein Stall für Unglücksvögel.

Leise rief sie ihren Namen: »Georgette«, und es klang wie der Schrei gewisser Nachteulen. Bald öffnete sich die Tür des Hotels. Eine Frau, der Anschein einer Frau, steckte den Kopf heraus. Sie war häßlich und ausgetrocknet, häßlich wie die Morgendämmerung. Georgette ging hinein, kam aber einige Minuten später, mutiger denn je, wieder heraus und ging in der Richtung der Champs-Elysées davon. Ich wußte jetzt, daß sie ihren Posten am Petit Palais bezog, wo ich sie am Ende jener Nacht getroffen hatte, die für mich so bedeutungsvoll war. Mir schien es noch klarer als das erste Mal, daß Georgette dazu bestimmt war, die Runde um diese schwammige Masse zu machen, und daß sie bereit war, die seltsamen Manien der Champs-Elysées-Spaziergänger und der Morgenröte zu befriedigen. Offensichtlich war Georgette sich der Stunde bewußt, denn ihr Blick richtete sich auf die verschämten Spaziergänger, die sich hinter den Bäumen verbargen oder die mit gleichgültiger Miene eine Zigarette und das Ende der Nacht zu genießen schienen.

Aber an diesem Morgen war ich entschlossen, nicht mehr den aufgehenden Tag anzustaunen und trotz der Kälte und des Tages Georgette zu folgen.

Mehrmals neigte sie sich Männern zu, die höchst betrübt aussahen. Einige schienen gewohnte Besucher, so eindeutig war die Präzision und die Geschwindigkeit ihrer Bewegungen.

Es wurde Tag. Bald sprang der große Schimmer und hängte sich an die Bäume, bald stieg er wie die Flut und überschwemmte allmählich die Gartenbeete und den Horizont. Bald konnte ich Frauen in der Nähe des Petit Palais erkennen. Sie wuchsen mit dem aufgehenden Tag und machten langsamer ihre Runde. Als ob etwas angekündigt hätte, daß die Zeit vorüber war. Die Champs-Elysées schienen völlig menschenleer.

Plötzlich kam von der Place de la Concorde ein Taxi mit solcher Geschwindigkeit gefahren, daß es aussah, als wäre es von der Stille dieses Dschungels entsetzt. Von einer kleinen Gruppe umringt, ging Georgette auf die Métro zu, deren Gitter soeben aufgeschlossen wurden. Die Hände voller Geständnisse, voller Scham und Seufzer stürzten sich die Prostituierten der Champs-Elysées in den Métro-Tunnel, lustig wie eine Bande Midinetten am Ausgang der Ateliers. Sie lachten und sprachen von Regen und Schönwetter, von Bändern und Unterwäsche, von Schuhen und Hüten. Ich hatte sogar den Eindruck, daß sie zu dieser Stunde alles abgelehnt hätten, und wäre es ein in die Métro verirrter Milliardär gewesen, der ihnen für gewisse banale Liebesgriffe ein Vermögen angeboten hätte.

Mit hochgeschlagenem Kragen und sichtbarem Bart beobachtete ich Georgette, die mit am lustigsten war. Sie suchte in ihrer Handtasche nach einigen Stoffproben, um sie bewundern zu lassen. Meine Vorsicht, mich ihren Blicken zu verbergen, war ganz unnötig, denn sie hatte mich nicht erkannt. Sie hatte nicht mehr ihre Nachtaugen. Ich war entschlossen, wie es ein Kranker sein kann, nicht abzulassen und ihre Existenz zu ergründen, ihren Spuren durch Tag und Schlaf zu folgen.

Gegen fünf Uhr morgens ist man von beinahe vollkommener Klarheit, denn sie hängt nicht vom Körper ab, sondern geht nur vom Gehirn aus.

Auf der Station Châtelet stieg Georgette aus und ging in Richtung der Cité davon. Ich folgte ihr langsam durch einen der langen Tunnel, die zu einem Ausgang führen. Es war nicht so voll wie am Abend, aber schon zogen die Leute in Scharen durch das unterirdische Gewölbe. In diesem berühmten Tunnel treffen sich Verliebte, seit die Métro geschaffen wurde. Zu jeder Tageszeit stehen dort etwa zehn

Paare in verliebter Umarmung; keines der Paare achtet auf die anderen, sie denken nicht daran, sich umzusehen, und reichen einander Lippen und Hände. Weder die seltenen Passanten noch die plötzliche Zugluft stört sie bei diesem Treiben. Jedes Paar scheint sich für unsichtbar zu halten.

Georgette, an solche Liebesszenen gewöhnt, schlängelte sich durch diese Gruppen, die zu dieser Stunde noch sehr schläfrig sind, hingegeben und gierig zwar, aber ohne Frische.

Der Tag drang durch. Georgette verabschiedete sich von einer ihrer Kolleginnen und eilte davon.

Ich hatte sie noch nie im vollen Tageslicht gesehen und fürchtete eine Enttäuschung. Ich vermutete, daß das Geheimnis, das sie umgab, auf einen Schlag enthüllt sein müsse.

Ich sah sie an, aber sie war nicht mehr dieselbe. Dies war eine Frau, die zwar mutig, aber erloschen war und sich wie ein Automat bewegte. Sie war Teil der Menschenmasse und verlor sich darin. Nie hätte ich sie erkannt. Sie ging zum Bäkker, zum Milchhändler, und jeder grüßte sie:

– Guten Tag, Mademoiselle Georgette.

Hier und da drückte sie einem Ladenbesitzer die Hand. Alles hatte den Anschein von Respektabilität... Aber wenn ich an jene dachte, die sie gewesen war und die manch einer gern die »Königin des Geheimnisses« genannt hätte, wäre es mir lieber gewesen, sie tot zu meinen Füßen zu sehen.

Sie war alles, was man wollte, und zweiundzwanzig Jahre alt.

Vor einem Haus der Rue de Seine, nicht weit von den Quais, dort, wo die Straße enger wird, blieb sie stehen. Hinten im Hof stieg sie eine schmale Treppe bis in die fünfte Etage hinauf.

Das Tageslicht warf Flecken auf das Treppenhaus, und alle Wunden der Zeit wurden sichtbar. Georgette öffnete eine Tür.

5. Kapitel

> O, Treïul, bedenke, daß wir zur gleichen Rasse gehören und daß ich ein Recht auf deinen Beistand habe.
>
> *Raymond Roussel*
> *(La Poussière de Soleil)*

Tage folgten auf Nächte. Das Geheimnis, das Georgette umgab, war zwar nicht beseitigt, aber es schien mir nicht mehr so undurchdringlich zu sein. Die Zeit grub ein Loch.

Dennoch wurde ich manchmal ohne Grund von einer gewissen Ungeduld ergriffen, wenn ein Dekor sich vor meinen Augen erhob. Dann erkannte ich den Schatten, zu dem die Erinnerung an Georgette oder ihre Gegenwart notwendigerweise gehörten. Aber sobald der Tag dämmerte, fraß er meine Ungeduld, und ich dachte nur noch wie im Traum daran, meinen Plan durchzuführen. Nächtelang hatte ich die Absicht gehabt, in die Rue de Seine zu gehen, die Treppe hinaufzusteigen und an die kleine Tür zu klopfen, die sie geöffnet hatte. Aber es war nur die Nacht, die Georgette rief; der Tag verjagte sie aus meinem Gedächtnis und aus den Straßen von Paris.

Man darf sich nicht nur auf den Zufall verlassen, sondern muß auch die Aushöhlungen mit einbeziehen, die mit der Zeit eine gewisse Zerstreutheit hervorbringen, wodurch man schließlich unfähig wird, das geringste Hindernis zu überwinden. Der Tag kam, da ich mich entschloß, um jeden Preis – aber dennoch wie ein Spiel – Georgette wiederzufinden, die ich »Georgette der Nacht« nannte. Die anbrechende Nacht half mir bei meinem Suchen. Es war Winter, fünf Uhr nachmittags. Ich sprang in ein Taxi, um dem Zögern ein Ende zu setzen, und ging in das Haus Rue de Seine. Natürlich hatte ich eine kleine Rede vorbereitet, um meine Indiskretion und meine Neugier zu entschuldigen. Ich klopfte an die Tür, und ein Mann öffnete mir. Ich hatte nicht erwartet, mich einem großen Burschen gegenüber zu finden, und glaubte zuerst, ich hätte mich in der Tür geirrt. Ich blieb stumm, bevor ich einige Worte der Entschuldigung herausbrachte. Da hörte ich eine Frauenstimme fragen:

– Wer ist da, Octave?

Octave richtete mit einer Bewegung seines Kinns die Frage an mich, und ich mußte so schnell wie möglich antworten.

– Entschuldigen Sie, wenn ich Sie störe, aber ich möchte mit Mademoiselle Georgette sprechen.

– Das ist hier, antwortete Octave. Der Ton seiner Stimme hatte nichts Bedrohliches; trotzdem war ich sehr erstaunt, als er zurücktrat, um mich hereinzulassen. Ich hatte mir sehr schnell die einfachste Erklärung zurechtgelegt und sah in Octave den wohlbekannten Kuppler. Aber als ich ihn genauer betrachtete und er die Tür schloß, erkannte ich, daß er nichts von einem Zuhälter hatte. Octave gehörte bestimmt nicht zu den Leuten, denen man den so schönen Titel »Ganoven« gibt.

Im Licht einer Petroleumlampe, vor einem Tisch mit Wachstuchdecke, die sehr sauber zu sein schien, saß Georgette und nähte. Neben ihrem Nähkorb lagen ein Zeichenbrett, Farben, ein kleiner Wassernapf und einige Pinsel.

– Der Herr kommt wohl wegen der Zeichnungen, fragte Georgette, und ich konnte nicht erkennen, ob sie mit dieser Frage mich oder Octave täuschen wollte. Ich hütete mich wohl, ihr zu widersprechen, und ließ es dabei, daß ich ein Kunstliebhaber sei.

Ganz sanft, auf die sanfteste Weise der Welt, ganz banal, auf die banalste Weise der Welt, wickelte sie, ihre Näharbeit auf den Knien, Octaves stupide Zeichnungen unter der Lampe aus und begleitete sie mit nicht weniger stupiden Worten. Aber plötzlich stellte sie eine Frage:

– Finden Sie die Zeichnungen meines Bruders nicht hübsch?

Octave war also ihr Bruder, wie ich mit einem leichten Erstaunen in der Stimme bemerkte.

– Jawohl, Monsieur.

Und sie setzte ihre Erklärungen fort. Auf den Wänden waren Aquarelle mit Reißzwecken befestigt: Blumen, Federn, Vögel, Landschaften, ein Schiff in Fahrt, dasselbe, immer dasselbe.

– Mein Bruder kann gut zeichnen, und er macht, was verlangt wird. Er malt Bäume, Seen, Berge.

Durch die Ritzen der Fensterläden sah man den Tag verdämmern. Der Himmel bewahrte noch einige helle Stellen. Georgette war noch die Dienerin des Tages. Ihre unklaren Augen waren geschwollen, ihr Mund war ausdruckslos und ihre Lippen blaß. Ihre Hände waren geschäftig wie Haustiere und ihre Stimme war tonlos und kalt.

Ich stellte Fragen. Sie antwortete mit dem besten Willen der Welt, während Octave immer zerstreuter wurde, unbeweglich dastand und mit einem Schatten zu spielen schien.

Octave, erklärte mir Georgette, sei ein guter Schüler gewesen. Er nahm an den Abendkursen teil und zeigte ausgesprochenes Talent für die Malerei; er malte in jeder freien Minute. Nicht im geringsten verlogen, war er der Stolz seiner Eltern, aber beide waren in einem Abstand von wenigen Wochen verstorben. Vor dem Tod der Eltern war Octave verschlossen und verkehrte mit keinem seiner Mitschüler. Jeder rühmte seine guten Eigenschaften. Er liebte Genauigkeit und versuchte immer, den Dingen auf den Grund zu gehen. In der Nachbarschaft hieß es von ihm: »Das ist ein ordentlicher Junge.« Octave hörte nicht mehr zu, und Georgette sprach wie zu einem Tauben. Mit dem Porträt des jungen Bruders schien sie das Bild ihrer gemeinsamen Jugend zu zeichnen. Sie nickte.

Währenddessen wurde es völlig Nacht; die Finsternis

drang in das Zimmer und legte sich um die Lampe. Küchengeruch kam über die Treppe herauf. Und während die Geräusche allmählich gedämpfter wurden, sprach Georgette leiser. Ihre Stimme sang: »Man mußte leben. Ich schlug Octave vor zu arbeiten. Er war aber zu müde. Keiner wollte ihn. Ich kenne Paris; wir sind nur da, um hier zu leben. Alles ist so einfach, wenn man die Straße kennt wie ich und die Leute, die da herumlaufen. Sie alle suchen etwas, ohne daß man's ihnen ansieht.« Die Nacht kam immer näher, wurde immer fühlbarer. Und Georgette selbst kam mir näher. Octave betrachtete mit beharrlicher Aufmerksamkeit seine Fingernägel. Er verbarg sich im Schatten und in der Unbeweglichkeit. Als ich Georgette Fragen stellte, sah ich, wie er die Augen auf die Standuhr richtete, sie lange betrachtete, dann seine Taschenuhr herauszog und sie mit der Standuhr verglich. Er runzelte die Stirn, legte die Uhr auf den Tisch, und den Kopf in den Händen, vertiefte er sich in die Betrachtung des Zifferblattes.

Während ich Octaves Treiben und sein Schweigen, sein gewohntes Schweigen, beobachtete, begriff ich Georgettes Freude, endlich sprechen zu können, ohne unterbrochen zu werden. Aber je tiefer die Nacht wurde, um so mehr entfernten sich ihre Worte von ihrem Gegenstand. Sie sprach zuerst von ihrem Bruder, dann ließ sie ihn langsam beiseite und sang nur noch das Lob von Paris. Vor meinen Augen sah ich, wie sie sich verwandelte. Ihre Lippen röteten sich, ihre Wangen bekamen Farbe und ihre Augen leuchteten mit seltsamem Glanz. Nach und nach begriff ich, daß sie mich endlich wiedererkannte. Sie legte ihre Näharbeit beiseite, während von einem benachbarten Kirchturm die Uhr schlug.

Wie man im Kabarett singt, so drückte sie, fast mit den gleichen Worten, ihre zärtliche Liebe zu Paris aus. Man glaubte, den Flug eines Sperlings zu sehen, einen Kuchenbäcker oder einen kleinen Telegraphisten einen populären Schlager pfeifen zu hören. Georgettes Anblick erinnerte mich an eine winzige Frau, die an der Porte d'Orléans, von einer Ziehharmonika und einer Gitarre begleitet, den letzten erfolgreichen Schlager sang. Die Musikanten waren von einem großen Kreis von Bewunderern umgeben; darunter befanden sich auch Schüler, die sich Mühe gaben, die Melodie zu behalten, die man ihnen für fünfzig Centimes, für zehn Sous verkauft hatte. Die junge Frau sang so laut wie sie konnte, sie sang für den Himmel, für die Bäume, über die Menschenmenge hinweg, und beim Zuhören schien mir, als hörte ich nur ein Echo.

Die Stimmung in diesem Zimmer wurde unerträglich; die Gegenwart des schweigsamen Octave und die Metamorphose dieser Frau, die beinahe widerwillig den Ruf der Straße hörte, machten das Schwanken der Minuten monoton und allzu spürbar. Über dieser Verwandlung, diesem Ruf und diesem Schweigen lag ein Unbehagen.

Ich verließ in überstürzter Eile das Zimmer, und um meine Flucht zu vertuschen, versprach ich, nächstens wiederzukommen. Ich versprach es allen Ernstes und hielt tatsächlich mein Versprechen, denn zwei Tage später, gegen zehn Uhr abends, stieß ich die halbgeöffnete Tür auf.

Georgette war gerade ausgegangen. Das bittersüße Parfüm, mit dem sie Staat machte wie mit einem Schal, lag noch in der Luft. Octave betrachtete sehr aufmerksam die Standuhr. Ich hatte den Eindruck, daß er seit meinem ersten Besuch weder den Platz noch die Beschäftigung gewechselt hatte.

Ich konnte ihn mit Muße betrachten, ohne daß er geruhte, meine Anwesenheit zu bemerken. Er war ein großer Bursche von etwa zwanzig Jahren, mager, knochig, mit riesigen Armen und langen Beinen. Seine Hände fesselten die Aufmerksamkeit noch mehr als sein Gesicht. Es waren tote Hände, bleich und lang, die sich bewegten, als wären sie aus einem Stück, als wären es Hände aus Gips. Sein Gesicht war verschlossen, weder traurig noch froh, und selbst wenn er lächelte, blieb er völlig gleichgültig. Der einzig charakteristische Zug war Eigensinn, der zugleich Willensstärke ausdrückte. Octaves Augen, Lippen, Kinn zeigten, daß er bis ans Ende des einmal gefaßten Entschlusses ging.

An diesem Abend konnte ich lange mit Octave sprechen, der sich allmählich entspannte. Je weiter die Stunde vorrückte, um so gesprächiger wurde er. Gegen zwei Uhr morgens stellte ich sogar fest, daß es ihm großes Vergnügen machte zu erzählen.

Octave hat vielerlei Manien. Was er über alles liebt, sind Experimente. Er muß immer experimentieren, um zu erfahren, was dabei herauskommt. Zum Beispiel, wenn Georgette morgens nach Hause kommt, gießt er seinen Milchkaffee in die Suppe, weil er wissen möchte, welchen Geschmack diese Mischung hat. Vor einiger Zeit ist er eines Abends nach »Montmartre« gegangen, um mit einer Frau zu schlafen. Es war das erste Mal, wie er behauptete. Das hat ihm überhaupt nichts gemacht. Sie schlug ihm besondere Kunstgriffe vor. Zu Anfang war ihm das ekelhaft, aber dann sagte er sich, man könne ja mal sehen, wie das wäre. Am gleichen Morgen hat er sich auf sein Bett gelegt, um zu erfahren, wie es ist, wenn man im Liegen raucht. Eine Stunde lang ist er stehen geblieben, um zu sehen, was dabei herauskommt. Plötzlich schweigt er und fängt an, die Borsten seines Pinsels zu zählen.

Dann, trotz meiner Fragen, fällt er ins Schweigen zurück wie jemand, der ertrinkt.

Vergebliche Mühe. Octave war weit fort, in einer Welt, wo ich ihn nicht erreichen konnte. Es war, als schiebe er den Horizont zurück, als rücke er die Wände des Zimmers in größere Ferne, als lösche er die Linien des Tages aus und ließe die Gegenstände um uns her entfliehen. Da ich zuerst glaubte, er sei müde von seinem langen Geständnis, wandte ich mich um, öffnete das Fenster und die Fensterläden einen Spalt breit, um einen Blick auf die Umgebung zu werfen. Vor mir der banale Schornsteinwald und das Wogen der Zinkdächer, über denen Kirchtürme und Kuppeln auftauchten und ein Schornstein, der höher, arroganter war als die übrigen. Was mir besonders auffiel, war, daß ich statt der erwarteten Finsternis einen roten Himmel sah, nicht rot wie Blut, sondern wie Flammen. Es sah aus, als wäre die ganze Stadt von einem flammenden Heiligenschein umgeben, von einem unbekannten, roten Nordlicht.

Die Geräusche verloren sich in diesem seltsamen, beinahe flüssigen Rot. Einige jedoch lösten sich plötzlich aus dem verworrenen Gesumm und schienen zu zerplatzen wie eine Blase.

In der Ferne war nur noch eine große Stimme wahrnehmbar, die emporstieg wie eine Säule. Dann hob sich plötzlich, wie durch Zufall, ein Fenster aus dem Dunkel ab; es war dem ganz nahe, aus dem ich mich lehnte. Es schien riesengroß. Ein Mann hatte in einem benachbarten Zimmer eine Petroleumlampe angezündet. Er fühlte sich allein und vermutete nicht, daß ihn jemand sehen könnte. Er hatte Mantel und Jacke ausgezogen, und, in Hemdsärmeln, mit dem Hut auf dem Kopf, öffnete er eine dicke Brieftasche und begann, Banknoten zu zählen. Von Zeit zu Zeit, als ob er spielte, klatschte er schweigend Beifall; dann stand er auf und trank einen Schluck aus einem Glas, das auf dem Kamin stand. Als er mit seinen kleinen Berechnungen fertig war, neigte er sich über eine Zeitung, die er aufgeschlagen hatte, und strich verschiedenes mit Bleistift an. Der wieder zu sich gekommene Octave stellte sich neben mich, und als er den Mann sah, lächelte er zum ersten Mal an diesem Abend.

– Das ist ein Buch...

– ...

– Das ist ein Freund, verbesserte er sich.

Er tat einen langen Pfiff. Der Mann kam ans Fenster, öffnete es und rief:

– Guten Abend, Octave. Kommst du Sonntag nach Vincennes? Octave hob die Arme zum Zeichen, daß er nicht sicher sei. Dann schloß er die Fensterläden, das Fenster, setzte seine Mütze auf, blies die Lampe aus, und wir gingen hinunter, sehr langsam, denn mehrmals stand Octave vor einer Tür still und schien tief nachzudenken. Dann ging er weiter die Treppe hinunter, aber immer schwerfälliger und mit Bedauern. Mir schien beinahe, daß er die Straße fürchtete, daß er Angst hatte vor der Leere, die die Nacht erzeugt, oder vor dem einsamen Wind der Stunden nach Mitternacht. Aber es handelte sich gewiß um eine andere Furcht, denn Octave, der zum ersten Mal den Eindruck erweckte, daß er wirklich seinen Mut in beide Hände nehmen mußte, flüchtete vielmehr und offensichtlich vor einer inneren Vision. Er schämte sich, das kleine Zimmer im fünften Stock verlassen zu haben.

In der öden Straße stürzte er mit geschlossenen Augen davon. Nur die Kälte war gegenwärtig und hinter mir die Besorgnis wegen dieses Menschen, der starr und schweigsamer als das Schweigen der Straßen, einen bösen Zug um den Mund, zu allem bereit war. Bald trat er in ein kleines Café, das einzige, das in der Nachbarschaft noch offen war und das gegen die Polizeistunde zu kämpfen schien. Zwei Gäste diskutierten mehr, als sie tranken. Der eine, einen verblichenen Schlapphut auf dem Kopf, war der Mann, der in dem kleinen Zimmer seine Banknoten gezählt und Octave etwas zugerufen hatte. Ich erkannte in ihm den Mann, dem ich unter den Bögen der Passage des »Institut« begegnet war und der mit leiser Stimme die Worte fallenließ. Zuerst erkannte ich sein Gesicht, das zerknittert war wie sein Anzug, seinen sonderbaren blonden Schnurrbart, seine Stupsnase, seine ausdruckslosen blauen Augen. Er reichte Octave die Hand, aber in dieser Geste lag keine Freundschaft, und das betonte er so brutal, daß es vor allem eine beherrschende, eine in Besitz nehmende Geste wurde. Und tatsächlich gehorchte ihm Octave von jetzt an aufs Wort. Sein Blick war ständig auf den Mann gerichtet, als erwarte er einen Befehl oder die Erlaubnis zu gehen. Der vierte von uns, den ich nicht kannte oder nicht wiedererkannte, war ein kleiner bärtiger Mann, von dem man wohl sagen konnte, daß er ein lustiger Tausendsassa war. Er lachte in einem fort in seinen Bart und kniff die Augen zu. Es war klar, daß unsere neuen Gefährten mir nicht trauten und vergeblich versuchten, sich meine Anwesenheit zu erklären.

Jemand Unsichtbares vereinigte uns plötzlich. Ich weiß nicht, wer von uns den Namen Georgette nannte. Tatsache ist, daß das Eis sofort gebrochen war.

– Georgette, sagte der Mann im Schlapphut, ist uns schuldig zu schweigen. Sie hat nichts zu sagen. Sie steht über all dem.

Octave schüttelte den Kopf, aber schien sich nicht an der Diskussion beteiligen zu wollen.

– Eins oder das andere, fing der Mann mit dem Schlapphut wieder an, entweder sie ist mit uns oder sie ist eben gegen uns. Ich war bei ihr, als die ganze Geschichte mit Volpe sich abspielte. Sie hat nicht »piep« gesagt; ich übrigens auch nicht. Wir haben die Sache gehen lassen, und sie braucht nur so weiterzumachen. Was soll das heißen, so eine Idee, hingehen und alles erzählen? Volpe hat das Recht, zu machen, was er will. Er ist stärker als wir... Alle Worte, die der Mann vor uns ausbreitete wie Spielkarten, riefen mir plötzlich und unvermutet die unerklärten, unerklärbaren Ereignisse ins Gedächtnis zurück, deren Zeuge ich gewesen war.

Noch einmal verjagte der Zufall das Vergessen und gab dem, was ich gern als Traum betrachtet hätte, eine Realität. Jedes Wort, das der Freund und Nachbar Octaves hatte fallenlassen, tat das seine, um ein Bild neu entstehen zu lassen und um den ganzen Raum zu erleuchten, wo mein gesunder Menschenverstand und mein Wille eine Leere geschaffen hatte. Eine erloschene Erinnerung stand vor mir auf und wurde mit der Gewalt des Rückpralls sonnenklar. Diese Erinnerung aber schleppte das Geheimnis hinter sich her.

Ich wurde von einer Art Wut gepackt. Ich hatte den brennenden Wunsch, Erklärungen zu verlangen, endlich laut zu sagen, daß ich nichts verstand, aber der kleine Mann mit dem Bart stand auf, und ohne daß ich seine Absicht hätte vermuten können, ergriff er eine Wasserkaraffe, die auf einem Nachbartisch stand, und zerschlug sie auf dem Marmortisch, an dem wir saßen. Wir wurden bespritzt, aber nur ich schien darauf zu achten.

– Immer derselbe, sagte der Mann mit dem Hut.

Octave machte eine angeekelte Grimasse.

Die Geste des bärtigen Mannes schien mir in diesem Augenblick ganz natürlich, aber ihre sofortige Wirkung war, daß sie meine Wut besänftigte.

– Ja, immer derselbe, rief der Bärtige. Georgette hat das Recht, zu tun, was ihr gefällt. Ich verstehe nichts von dieser Volpe-Geschichte. Was hat diese ganze Inszenierung zu bedeuten? Ist er ein Polizist? Ja oder nein? Ist er ein Amateur? Die Frau hat gestanden, weil man sie gezwungen hat zu gestehen. Na, und? Georgette hat recht, wenn sie Zweifel hat; ich habe auch Zweifel und du übrigens auch.

– Nein!

– Doch. Der Beweis: du hast nicht gewagt, mit Georgette zu sprechen. Du willst, daß Octave sie daran hindert, zu sagen, was sie denkt.

Der Anblick dessen, der gegen die Abwesende kämpfen sollte, reizte zum Lachen. Er war ganz in die Betrachtung einer Sousmaschine vertieft und in Gedanken verloren, die ihn von allen Seiten überfielen, auf der Suche nach wer weiß welchem Perpetuum mobile.

Ohne Frage hörte nur ich noch der Diskussion der beiden Kameraden zu; ich war geteilt zwischen dem Wunsch, Fragen zu stellen, und dem Wunsch zu schweigen, um mehr über die Sache zu erfahren. In diesem Augenblick rief der Wirt den Mann mit dem Schlapphut unter dem Vorwand, daß er am Telephon verlangt würde.

– Was für eine Geschichte, sagte ich zu dem kleinen Bärtigen in der Hoffnung auf eine Antwort.

– Nichts von einer Geschichte, sagte er mit einem Lächeln.

– Vincennes, sagte Octave einfach zu dem Mann mit dem Hut, der zurückkam. Dann stand er auf, und ich folgte ihm. Die Hände in den Taschen wie ein Schiffer, ging Octave die Quais entlang in Richtung Notre-Dame. Wir folgten dem Seinearm, der die Insel der Cité umgürtet, wo die Wasser sich im Schatten der toten Kathedrale schläfrig wiegen.

Er stieg ans Ufer hinunter und, immer ohne ein Wort, setzte er sich zu Füßen der Mauer nieder. Einige Männer schliefen in unserer Nähe, an windgeschützter Stelle. Die Wasser lagen im Halbschlaf. Octave wachte. Auf das Schweigen folgte die Morgendämmerung, die mich zur Flucht trieb, weit fort von ihm, mit klingenden Ohren und noch ganz erstaunt von dem Geschrei und den Geschehnissen.

6. Kapitel

Ich fürchtete die Monotonie des Seltsamen. Schon schien mir diese Welt, in der Georgette und Octave lebten und die ich durchstreift hatte, ein Garten mit abgenutzten Alleen. Ich wollte von diesem Geheimnis nichts mehr wissen und akzeptierte es ein für allemal wie so viele andere. An Geheimnissen finden wir nur dann Geschmack und Freude, wenn wir mit dem Kopf dagegen stoßen.

Ich war bereit, alle diese Tage zu vergessen und die Nächte, die ich beim Schein der Augen einer Frau verbracht hatte, nicht mehr zu beachten. Entschlossen dachte ich an das sicherste Mittel, diesen irritierenden Nebel zu zerstreuen und Fragen, die ich mir in bezug auf das ständige Gehen und Kommen stellte, zu beantworten, das heißt, ich beschloß, in der Menge unterzutauchen und Georgette als eine ganz banale Prostituierte zu betrachten; ich beschloß, eine Stunde mit ihr in einem kleinen Hotelzimmer zu verbringen.

So stellte ich mich eines Nachts hin und wartete, bis sie, die für mich die Schwester von Octave geworden war, auf ihrem täglichen Weg vorüberkam.

Ich wartete nur einen kurzen Augenblick, und bald sah ich Georgette, bleich und entschlossen, ebenso entschlossen wie ich, in ihrer vogelhaften Gangart daherkommen. Ich sprach sie in der üblichen Weise an; es war in der Nähe des Louvre. Sie tat, als erkenne sie mich nicht, und führte mich sofort in ein willfähriges Haus. Alles schien bereit, um uns zu empfangen, und ich bewunderte die Diskretion der Bedienung.

Selbstverständlich wurde eine Anzahlung verlangt, die ich gern leistete; ich war mehr amüsiert als leidenschaftlich. Dennoch war ich ungeduldig, Georgette bei der Ausübung ihres Handwerks zu sehen und sie nackt zu betrachten.

Sobald wir uns in diesem schrecklichen, heruntergekommenen, malvenfarbigen Zimmer allein gegenüberstanden, mußte ich an Octave denken. Diese unwiderstehliche Erinnerung entstand aus Georgettes Blick, der in diesem Augenblick dem ihres Bruders völlig gleich sah. Sie schien mit offenen Augen zu schlafen. Ihre Bewegungen und die scharf umrissenen Fragen, die sie beim Ausziehen stellte, ließen Zweifel an der Realität ihres Lebens aufkommen. Sie faltete ihre Kleider und legte sie mit bestürzender Geschwindigkeit, wie ein Jongleur, auf den Stuhl.

In allen Bewegungen, die folgten, bewies sie die gleiche Virtuosität und die gleiche Unbefangenheit.

Dann nahm sie ihren Flug wieder auf, und ich war erstaunt und beruhigt zugleich. Ich hatte beinahe Lust, zu applaudieren.

Als ich durch die kalten Straßen nach Hause ging, wurde mir klar, daß die Falle, die ich dieser Frau gestellt hatte, sehr naiv war und daß es für sie nur zu einfach gewesen war, sich nicht fangen zu lassen. Als ich sie in meine Arme schloß und meine Lippen auf die ihren preßte, während ich ihr tief in die Augen blickte, war sie anderswo, vielleicht in einem anderen Zimmer, und nur ihr Schatten antwortete auf meine Fragen und auf meine Worte. Ich war nicht etwa verzweifelt, aber ich stellte mit Bedauern fest, daß das versuchte Experiment unter diesen Umständen zwecklos war. Es ist zweifellos unmöglich, einen Schatten zu vertreiben oder ihn zu zerstören.

An diesem Abend rechnete ich nicht mehr auf den Zufall. Die Gewißheit genügte mir. Wieder einmal hatte ich unrecht, Entschlüsse zu verachten, die ich nicht kannte. Ich ging die Rue Saint-Honoré entlang, auf der Suche nach einem noch offenen Tabakladen, als plötzlich, an der Ecke der Rue de l'Echelle, Octave auftauchte; er schien mir von gigantischer Größe. Er sah mich nicht und ging seines Weges. Ich zögerte einen Moment, ob ich ihm folgen sollte, aber die Neugierde war stärker, und so leise wie möglich ging ich ihm nach. Auch er schien in ein Experiment vertieft zu sein, aber er ging systematischer vor als ich.

Seine Schritte dröhnten in einem so gleichmäßigen Takt, als ob der nächtliche Spaziergänger sie leise gezählt hätte. Vor der Oper angelangt blieb er stehen und setzte sich auf die Stufen der »Académie nationale de musique et de danse«. Er hielt die Augen geschlossen, und vor seinen Füßen lag wie ein guter Hund seine Schirmmütze. Er sah müde und schläfrig aus, aber seine Haltung zeigte, daß er hier nur Rast machte. Von der Oper her kam ein heftiger Windstoß und blies ihn an, ohne daß er im geringsten darauf achtete. Die Straßenlaternen, die an diesem Ort so zahlreich sind, verbreiteten ein fades, schmutziges Licht, so daß einem kalt wurde.

Von Zeit zu Zeit überquerten Fußgänger den Platz, ohne Octave zu beachten, der unbeweglich in der Nähe der Tanzgruppe saß. Die Gleichgültigkeit war total. Octave war an die Nacht gewöhnt. Schließlich stand er auf und ging in seinem gleichmäßigen Schritt weiter. Erst auf dem Pont de l'Europe blieb er stehen und kehrte dem Bahnhof Saint-Lazare den Rücken, um die Lücke zwischen den Häusern und die von breiten Schmutzstreifen bedeckten Anschläge, noch grausiger als die Mauern, zu betrachten. Einer dieser Anschläge war zerrissen und hing über die blanken Schienen der Eisenbahn herunter wie eine große tote Hand. Manchmal leuchtete eine elektrische Lampe auf, ein roter Punkt, traurig wie ein Hundekadaver. Die Waggons auf den toten Gleisen sahen aus wie allzu breite Gräber.

Octave nahm seinen Marsch wieder auf wie den Refrain eines abgedroschenen melancholischen Schlagers, der einen nicht losläßt. Er folgte dem Schienenweg, als ob er fürchtete, die blitzenden Gleise zu verlassen. Langsam entfernten wir uns von Paris. Schon verlor die Gegend die Färbung der Stadt wie auf den Landkarten die Kontinente, die den Polarregionen benachbart sind. Wir gingen an hohen, blaßgrauen Häusern vorbei, mit ihren anonymen, stummen Fenstern. Freudlose Straßenkreuzungen wie Waldwege ohne Sonne. Wir kamen auf die Place Péreire, wo ein Taxi die Runde machte und dabei heulte wie ein Hund in Todesnähe. Der Platz erinnerte an einen Ameisenhaufen. In seiner Mitte, dem kleinen Lokalbahnhof gegenüber, spielte eine Zeitung mit sich selbst, flatterte hin und her, Spielball des Windes.

Bald überschritten wir die Pariser Stadtgrenze und kamen in die Gegend der Fabriken. Längs der Straßen lange, schmutzige Mauern. Die Nacht wurde immer finsterer. An einer Boulevard-Biegung tauchten plötzlich grelle Plakate auf. In der Ferne ein helles Café, das sang.

Unser Marsch riß uns mit sich fort, und wir verloren das Bewußtsein der enteilenden Zeit; auch war dieser Weg so monoton, daß wir die besiegten Stunden vergaßen.

Wir verließen Levallois-Perret, diese Verlängerung von Paris, und kamen an den Rand der Vororte, nachdem wir durch eine Straße gekommen waren, die, wie ich mich erinnere, Rue Emile-Zola hieß.

Trotz der Nacht erkannte ich die ölige, gigantische Lepra, die aussieht, als wolle sie die Stadt überfallen. Die niedrigen, ungleichen Häuser schienen Gebilde wie Blasen auf einem Morast. Die Vorstadt, Heimat umherirrender Hunde, zeigte ihre Eiterbeulen wie eine Hure ihre Syphilis.

Die Nacht hatte sich an die Bäume geklammert, lauerte in den Brachfeldern, lag in den engen, dunklen Straßen, schien uns heimlich zu beobachten wie beim Rückzug aus einer Mördergrube. Das geringste Geräusch war eine Katastrophe, der geringste Windstoß brachte großes Entsetzen. Wir gingen durch ewigen Morast. Schritt für Schritt drangen wir ein in die Tiefe der Nacht, verloren, als wäre es für immer. Manchmal wandte ich mich um nach unserem Weg, aber nur die Nacht folgte uns. Als wir an einem kleinen Licht vorbeikamen, das in einem toten Hause brannte, erlosch es sofort, als jagten ihm unsere Schritte Angst ein.

Plötzlich schlug uns eine frische Brise entgegen, und die Nacht wurde schöner, weiter, mehr sie selbst. Wir kamen an das Ufer der Seine.

Der unermüdliche Octave ging über eine Brücke, gefolgt von meiner Müdigkeit und meiner Ausdauer. Auf der Brücke begann der Wind zu säuseln. Octave wandte sich plötzlich nach links und folgte einige Minuten lang den menschenleeren Quais. Sein Schatten, der von Zeit zu Zeit von dem Schein einer Straßenlaterne hin und her gestoßen wurde, sprang um ihn herum. Schließlich blieb er vor einer Art Schuppen stehen und stieß die Tür mit seiner Schulter auf. Ich ging näher heran und hörte ein Geräusch wie von Kanistern, die umgeworfen werden. Ich belauerte, ich weiß nicht wen, ich hoffte auf ich weiß nicht was. Es ist wahr, daß ich nach kurzer Zeit die Geduld verlor, da es für mich jetzt sicher war, daß Octave endlich schlief.

Ich ging denselben Weg zurück; ich konnte nicht mehr. In der Nähe der Brücke ein Café, auf dessen Terrasse eine Bank meiner Müdigkeit zu Hilfe kam. Ich setzte mich, ohne zu überlegen, daß ich mich anders entscheiden könnte. Der Morgen dämmerte, und ich sah dem Erwachen dieser erbärmlichen Vorstadt zu wie ein Todkranker, der am Ufer der Seine verreckt.

Sobald die Nacht das Weite suchte, geriet alles in Bewegung. Lange Lichtstreifen stiegen aus der Erde empor zum Himmel und fegten die Wolken. Langsam erhoben sich Strahlen des Tages.

Mit leerem Kopf, die Augen dennoch wie geschliffen, entging mir nichts von den Bewegungen der Morgendämmerung. Meine Gedanken folgten immer noch Octave, aber er entfernte sich mit wachsender Geschwindigkeit, und dann war es seine Schwester, die vor mir stand. Treu und untreu zugleich, drängte sie sich auf. Sie war für mich nicht mehr dieselbe, seit ich erkannt hatte, daß es eine Tages-Georgette und eine Nacht-Georgette gab; zwei Frauen, die so verschieden voneinander waren wie Schatten und Licht, wohnten in diesem bleichen, geschmeidigen Körper, in diesem schwarz gekleideten Schatten. Sie schien das Geheimnis anzuziehen wie Wasser das Licht. Um sie herum tanzte, ich weiß nicht was für eine kalte und verführerische Flamme. Georgette besaß den Zauber des Unsichtbaren.

Seit unserer ersten Begegnung Place Saint-Germain-des-Prés hatte sie an allen Ereignissen teilgenommen, die ich mitangesehen hatte. Sie war zugleich Zeuge und Ursache dieser unbegreiflichen Folge von Geheimnissen. Sie hält den Schlüssel des Unbegreiflichen, sagte ich mir, und doch weiß sie nicht, daß für mich unvorstellbar ist, was ihr so einfach erscheint. Der Zufall spielte mit mir, aber nicht mit ihr. Und ich konnte nicht begreifen, was sie an die Gewißheit, an die Klarheit, an die Wahrheit heftete. Selbst unsichtbar, schritt sie wieder und wieder durch das Geheimnis hindurch, ohne Furcht und ohne Bedauern. Und plötzlich mischte er, der ihr Bruder war, sich ein. Gewiß amüsierte sich Octave nicht, das Spiel zu verderben, aber um Georgettes willen schien mir sein Treiben schwer zu akzeptieren.

Ohne Zweifel schlief er nicht weit von mir, und ich wünschte, dieser Schuppen hätte keinen anderen Daseinsgrund, als irgendeine Realität zu verändern. Auf die natürlichste Weise der Welt wurde alles seltsam. Und an diesem Morgen war der Zufall mein Feind, der mir keine Frist mehr gewährte.

Der Zufall, sagte ich mir, ist wenigstens insofern aufrichtig, als er uns seine Betrügereien nicht verbirgt. Im Gegenteil, er zeigt sie bei vollem Tageslicht und offenbart sie in der Nacht. Von Zeit zu Zeit gefällt es ihm, die Welt mit unerwarteten, furchtbaren Schlägen zu erstaunen, als wollte er die Menschen an seine ganze Gewalt erinnern und auch aus

Furcht, daß sie seine Unbeständigkeit, seine Bosheit, seine Wunderlichkeit vergessen könnten. Gefälligkeiten des Zufalls sind keine Gunst, sondern Verrat: er erstaunt uns nur, weil er uns etwas anhaben kann, und alles, was wir aus seiner Hand empfangen, sind weniger Geschenke, die er uns macht, als vielmehr Pfänder, die wir ihm geben, damit wir ewig seine Gefangenen bleiben und den lästigen Rückschlägen seiner brutalen tückischen Macht unterworfen sind.

Während ich unbewußt einen berühmten Text auslegte, senkte ich den Kopf, bereit zur Niederlage, und akzeptierte endlich, nicht mehr gegen diesen Zufall zu kämpfen, der mich plötzlich mitgerissen hatte.

Aber weil mir Paris gewogen war, kam ich mir nicht endgültig versklavt vor, und in der Ferne sah ich die Stadt, wie sie sich leise aus dem Schatten erhob und dem Lauf der Sonne folgte. Der Wind begann brutal zu wehen, und dieses war das Signal des großen Erwachens.

Autos sprangen an und warfen mir ihre Geschwindigkeit und ihr Geratter ins Gesicht. Fensterläden schlugen, und das Café, das mir Schutz gewährte, wurde endlich geöffnet.

Als die erste Straßenbahn auftauchte, erhob ich mich, aber meine Beine konnten mich kaum tragen. Ich stieg mit Mühe ein, als ich jemanden so schnell als er nur konnte laufen sah und dem Schaffner zuwinken, sich einige Sekunden zu gedulden. Ich bewunderte diesen Läufer. Octave sprang in die Trambahn, die nur noch auf ihn wartete. Er setzte sich in die zweite Klasse und begann, seine Finger zu betrachten, die er leicht bewegte.

Minutenlang hatte ich Lust, mich auf ihn zu stürzen, ihn zu ohrfeigen, ihn zu prügeln. Seine Ruhe entsetzte mich. Er schien so ausgeruht, so in seine Beschäftigung vertieft, daß er meine Müdigkeit, meine Nervosität, meine Zerstreutheit beleidigte.

Ich erinnerte mich an Octaves sonderbare Gewohnheiten, die mir seine Schwester beschrieben hatte, an seine Manie der

Experimente, und wieder mußte ich an seinem gesunden Menschenverstand zweifeln.

An der Endstation sprang er leichtfüßig aus der Straßenbahn und blieb vor einem Uhrmacherladen stehen. Unbeweglich stand er da und vertiefte sich in die Betrachtung der Uhren oder der Standuhren, eine nach der anderen. Ich konnte es nicht mehr ertragen und gab auf. Ich wurde von einem seltsamen Optimismus ergriffen und warf mich auf die Zeitungen, um darin eine Erklärung zu suchen. Aber ich las nur von Abenteuern, denen ähnlich, deren Zeuge ich gewesen war; ähnlich, aber nicht identisch, und sie kamen mir so blutleer, so zahm vor, daß ich die Zeitungen angeekelt fortwarf.

7. Kapitel

Ich fürchtete das Vergessen nicht. Sanft naht der Frühling. Der Himmel scheint verjüngt, und die Wolken tummeln sich wie Kinder.

Eines Tages wurde angekündigt, daß der Rennplatz von Longchamp seine Pforten öffnen würde. Zu dieser Zeit dachte ich nicht mehr an jene, deren Namen ich mich fürchtete auszusprechen. Sie waren fort, so hoffte ich, und alles war ausgelöscht. Paris war voller Lichter, und die Nächte wurden kürzer. Wie jedes Jahr ging ich zum Pferderennen, um mich an der freien Luft zu berauschen. Ich war sicher, die Gesichter der Getreuen und die Furcht der anderen wiederzusehen. Es war ein Staatsakt, der gefeiert wurde. Alle meine Freunde, die Freunde eines Nachmittags, die Freunde von Longchamp waren in den Zufall verliebt. Sie erwarteten ihn voller Ungeduld und rechneten auf ihn. Alle lächelten.

Langsam machte ich die Runde um die Tribünen und fand auf dem Rennplatz, rings um die Blumenbeete, Menschen und Erinnerungen, höchst erstaunt, die einen und die anderen noch am Leben zu finden. Die sogenannte Menschenmenge war genau die gleiche, furchtbar und unbeschwert, empfindsam und grausam. Ein Stück von Paris.

Die Rennen begannen, ich verlor und beschloß nach kurzer Zeit, »das Glück zu wenden«, indem ich auf den Wettplatz ging, um es noch einmal zu versuchen.

An den Schaltern standen vor allem Greise, und ich staunte über die Unverwüstlichkeit der Hoffnung.

Alle Händler waren auf ihrem Posten, und aus Spaß ging ich hin, um sie ihre Waren anpreisen zu sehen. Wie groß war meine Überraschung, als ich Octave bemerkte, der »Tips« verkaufte! Er brüllte irgendeine Formel, um Kunden anzulocken, und sein Gebrüll war so monoton, daß es eher an eine Deklamation als an einen Lockruf erinnerte. Die Augen gen Himmel gerichtet, spielte er den Glückshändler. Ein wütender und böswilliger Verlierer forderte sein Geld zurück, das er ihm für eine Hoffnung bezahlt hatte. Aber Octave hörte nicht hin.

Ich trat an ihn heran, und er erkannte mich beinahe sofort. Dann reichte er mir ein Stückchen Papier, und ich zahlte. Er dankte mir kaum und deklamierte weiter. Aber ich gab nicht so leicht auf und stellte ihm einige Fragen. Er antwortete sehr unliebenswürdig. Nicht weit von ihm stand sein Nachbar, der Freund mit dem Schlapphut, und bot den Ungeduldigen an, ihre Gewinnummern zurückzukaufen. Aber die beiden Spießgesellen zeigten so wenig Begeisterung bei der Ausübung ihres Handwerks, daß ich schnell hinter diesem lauten Treiben das Alibi erkannte. Die Blicke, die sie vermeintlichen Kunden zuwarfen, ließen meine letzten Zweifel verschwinden. Octave und sein Kumpan waren ganz einfach »Buchmacher«. Ich sah ihnen mit Bewunderung zu, wie sie ihre vorgefaßte Rolle spielten, und wunderte mich über Octaves Heuchelei, der in Träumen schwelgte. Das Erstaunen ist bestimmt ansteckend, denn als ich mich umwandte, sah ich meinerseits einen Mann, der mich lächelnd beobachtete und überrascht war, mich so verdutzt zu sehen. Als unsere Blicke sich kreuzten, kam er auf mich zu und fragte mich ohne Umschweife:

– Kennen Sie William? wobei er auf Octave wies.

Obgleich der Vorname mich erstaunte, antwortete ich:

– Aber ja.

– Was für eine Type!

Mein neuer Freund fand sein unverhohlenes Vergnügen an Octave, und er genoß im voraus die Freude, mir Anekdoten zu erzählen. Der Mann war ein Schwätzer. Er gehörte zu den Leuten, die einen beim Westenknopf packen und ihr Gerede mit »alter Freund«, »nicht?«, »unglaublich« und ähnlichen Zwischenrufen begleiten.

– Man muß ihn sehen, wenn er seinen guten Tag hat, sagte er. Im allgemeinen ist er ein schweigsamer Bursche, aber wenn er seine Tour hat, dann übertrifft ihn keiner. Ich, der ich hier zu Ihnen spreche, habe ihn als Reservist gekannt. Sagt er doch eines Tages zu dem Feldwebel, er müsse experimentieren, und bei der Suppe wirft er Teller auf den Boden, weil er wissen will, wie sich das anhört. Die Kameraden geben ihm ein paar Püffe, um ihn zum Schweigen zu bringen. »Is ja gut«, sagte er, »ihr könnt mir 'n Puckel runterrutschen.« Ein Idiot will ihn anführen und sagt, er hätte seinen Urin getrunken, und das wäre besser als Wasser. Sofort pißt er auf die Diele und leckt sie ab, um zu probieren. Der Mann hörte nicht auf, die Geschichten von Experimenten dessen, den er William nannte, zum besten zu geben, aber unter dem Vorwand, meine hundert Sous zu setzen, ließ ich ihn stehen, sicher, daß er von Octaves Tun und Treiben nur das wählte, was ihm wirklich amüsant erschien, das heißt ausgesprochene Schmutzgeschichten.

William-Octave erschien mir nach den Berichten seines Regimentskameraden genau so, wie seine Schwester ihn mir bei meinem ersten Besuch geschildert hatte. Diese Manie zu experimentieren, die Zerstreutheit, die seinem Gesicht einen so starren Ausdruck gab, und dieser Eigensinn, seinen eigenen Weg zu gehen, charakterisierten diese seltsame Persönlichkeit, die zu jenen Parisern gehörte, die gern herumstehen und gaffen, einer dieser ewigen Bummler mit abwesendem Blick und die Hände in den Taschen, denen man in den Pariser Straßen begegnet. Octave ging seinen Weg, unbeschwert und ohne Eile. Aber er gehörte zu den Leuten, von denen man sagt: »Wohin gehen sie?« Ich konnte nie sein Ziel erraten. Er lebte in unserer Mitte wie eine Straßenlaterne.

Als das Ergebnis des letzten Rennens angezeigt wurde, ging Octave zu den Schaltern, als ob er sich leidenschaftlich dafür interessierte, und schlug den Leuten, die Schlange standen, vor, ihnen ihre Gewinne auszuzahlen. Vergeblich.

Ich wandte meinen Blick ab, und bald verlor der Freund sich in der Menschenmenge.

Am gleichen Tag, als ich nach Hause ging, hatte ich vor der Gare d'Orsay eine andere Begegnung. Der Matrose, der mir damals, in jener für mich so bedeutungsvollen Nacht, gefolgt war, stand mit seinem riesigen Leinensack in der Menge der Reisenden und wartete, ich weiß nicht worauf. Unruhig prüfte er die wenigen Reisenden, die auf den Bahnhöfen hin und her laufen wie Tiere im Käfig.

Ich erinnerte mich, bei der geheimen Zusammenkunft im Trocadéro-Aquarium viel über ihn gehört zu haben, besonders von dem geschwätzigen Burschen, zu geschwätzig, um offen zu sein, der das Drama des zerstückelten Mannes kommentiert hatte. Dieser Landstreicher-Matrose war bestimmt kein anderer als der gemeine Mörder, hinter dem die Polizei her war.

Ich weiß nicht, was mich trieb, mich an ihn heranzumachen und zu versuchen, ihn anzusprechen. Gewiß konnte er mir helfen, die offensichtlichen Zeichen des Zufalls zu begreifen.

Da ich ihn genau an dem Ort wiedersah, wo ich seine Bekanntschaft gemacht hatte, war ich überzeugt, daß dieses Zusammentreffen von ungeheurer Wichtigkeit sei. Ich wußte, daß ein Ort und sein Gepräge auf das Gedächtnis und die Vorstellung einen tiefen Einfluß haben, und ich hoffte, in dieser Nacht die Lösung des Rätsels zu finden.

Ich zählte auf Paris, auf die Nacht und auf den Wind. Ich zählte auf die Gare d'Orsay, wo man manchmal, ohne Grund und Ziel, hoffen darf. Die beiden Zwillingsuhren schlugen eins, und auf der Seine zogen immer noch, wie galoppierende Herden, Feuer- und Lichtscheine vorüber.

Noch hatte der Frühling nicht gesiegt, und die Nacht entging seiner Gewalt.

Von Minute zu Minute breitete sich das Schweigen aus und ging zum Angriff auf den Bahnhof über, dessen letzte Beamte davoneilten. Nur der Matrose widerstand und ging lauernd zwischen der Gepäckaufbewahrung und den Schaltern hin und her. Er senkte den Kopf, wie eigensinnige Pferde es tun, die den Boden mit ihren Hufen scharren.

Ich dachte, er hat gewiß keinen Sou mehr und ist auf der Suche nach einer Zigarette oder einem Glas Alkohol. Einem Bettler ähnlich, schleppte er seinen allzu großen Sack über das Bahnhofspflaster. Ich rechnete auf das eigenartige Bedürfnis der Mörder, ihre Verbrechen zu erzählen und sich ihrer Grausamkeit zu rühmen. Zweifellos suchte er nach einem gefälligen Ohr, und von seinem Zustand überzeugt, von dem, was die Psychologen die seelische Verfassung nennen, trat ich an ihn heran.

Der Matrose erkannte natürlich nicht jenen Mann, der ihm kürzlich freundlicherweise eine Zigarette angeboten hatte. Er sah mich einfältig an, gewiß erstaunt über diesen ruhigen Passanten, der wie ein Spaziergänger aussah und nichts von einem Reisenden hatte.

– Haben Sie Feuer? fragte ich, indem ich meine erloschene Zigarette zeigte.

– Weder Feuer noch Tabak.

Ich bot ihm eine Zigarette an.

Wir beschlossen bald, den Bahnhof zu verlassen, um uns auf die Suche nach einem rauchenden Passanten oder einem noch offenen Café zu begeben.

– Kennen Sie eine Kneipe? fragte ich, um unsere Unterhaltung nicht abreißen zu lassen.

Er brummelte etwas, um seine Unwissenheit einzugestehen.

– Suchen wir.

Während wir absichtlich in Richtung des »Institut« gingen, versuchte ich mehrmals, mit dem Matrosen in ein Gespräch zu kommen. Vergeblich. Um mir zu antworten, öffnete er nicht einmal den Mund und begnügte sich, zu brummen oder den Kopf zu schütteln. Als wir an einer Straßenlaterne vorüberkamen, die sein Gesicht beleuchtete, warf ich ihm schnell einen beobachtenden Blick zu, um zu versuchen, seine Gedanken zu erraten. Er wirkte vor allem unentschlossen und verlegen. In seinen halb geschlossenen Augen lag der Schein einer Sorge. Aber er sog an seiner unangezündeten Zigarette mit einem so offensichtlichen Vergnügen, daß ich zögerte, ihm Sorgen zuzuerkennen. Von Laterne zu Laterne begriff ich schließlich, daß es höchstwahrscheinlich die Geldnot war, die ihm zu schaffen machte und ihn so sehr beunruhigte.

Er folgte mir getreulich, einmal, weil er nichts Besseres zu tun hatte, und dann, weil er trotz allem irgendeinen Vorteil erhoffte.

Wir näherten uns dem »Institut«, und als wir seine dunkle Silhouette auftauchen sahen, wagte ich es, aufs Ganze zu gehen:

– Kennen Sie Georgette?

Er antwortete auf die natürlichste Weise der Welt:

– Die kleine Brünette?

Das war ein ziemlich unbestimmter Hinweis, aber der Ton, in dem er antwortete, ließ mir keinen Zweifel: der Matrose kannte Georgette.

Ich machte den Vorschlag, uns auf den Stufen des Pont des Arts ein wenig auszuruhen. Wir betrachteten das »Institut« und seinen Schattenriß. Wußte er, daß er an diesem Ort verraten worden war? War er es überhaupt, den man verraten hatte?

Der Matrose hatte seinen Sack abgesetzt, und wie Leute, die an lange Beobachtungen gewöhnt sind, stützte er seine Ellenbogen auf die Knie und legte das Kinn in die Hände. Er schien aufmerksam die Treppe und das Gitter zu beobachten.

Sein Blick ging von der »Statue de la République« zu den steinernen Löwen, die wie lachende Wächter aussehen. Ein schlecht brennendes Gaslicht pfiff mit aller Gewalt, und nur den Windstößen gelang es, das Geräusch zu übertönen. Der Matrose meditierte nicht, sondern beobachtete die nächtlichen Metamorphosen dieses Platzes. Ich hätte gern mit ihm die Schicksalszeichen gelesen, aber er entzog sich mir. Er betrachtete seine Umgebung aus großer Ferne und ohne die geringste Unruhe. Während ich mich mit einer Art von Trunkenheit, die beinahe einem Rausch glich, an die tragikomischen Auftritte erinnerte, die sich vor meinen Augen abgespielt hatten, war er dagegen ruhig, als ob uns noch Tage und Nächte von diesen Seineufern, von diesem düsteren Platz trennten, wo sein Leben aufs Spiel gesetzt worden war. Denn jetzt konnte ich keinen Augenblick mehr zweifeln, daß der verbrecherische Matrose, daß der Mörder, den die Frau mit der Handtasche, von jener Inszenierung beeindruckt, verraten hatte, der Mann war, der hier bei Tagesanbruch neben mir saß.

Ein Taxi gleicher Serie wie das, was damals zu so ungewohnter Stunde über den Platz gefahren war, sauste mit Höchstgeschwindigkeit, die an dieser Stelle üblich ist, vorüber. Diese besondere Begebenheit ließ mich einen Entschluß fassen.

– Vor einigen Monaten, sagte ich und bot meinem Nachbarn noch eine Zigarette an, begleitete ich eine junge Spaziergängerin, und wir blieben einen Augenblick auf dem Trottoir dort drüben an der Straßenecke stehen. Kurz darauf sahen wir ein großes Auto halten und eine Menge Leute von allen Seiten kommen, die den Mann, der aus dem Auto gestiegen war, umringte.

Plötzlich hörte man Schreie, und eine Frau fiel mit gefalteten Händen auf die Knie. Weinend begann sie zu sprechen, und schließlich stürzte sie zu Boden. Dann gingen alle diese unheimlichen Leute fort, und erst am nächsten Tag, als ich die

Zeitungen las, glaubte ich die Erklärung für diesen Auftritt zu finden: eine Frau hatte den Mörder des Mannes verraten, der in der Nähe des Pont-Neuf zerstückelt aufgefunden worden war, und dieser Mörder war ihr Geliebter, ein Matrose. Sind Sie dieser Matrose? Brutal stellte ich ihm die Frage.

– Sind Sie von der Polizei? fragte er.

Und als ich dies energisch verneinte, sah er mich sanft und aufmerksam an.

– Ja, ich bin es.

Dann schwieg er. Ich wußte nicht, wie ich den Faden meiner Rede wieder aufnehmen sollte und wartete, bis er dem Bedürfnis nachgeben würde, sein Verbrechen zu erzählen. Ich wartete lange, bevor er den Mund aufmachte. Immer mit dem gleichen fernen Blick betrachtete er die Stufen des »Institut«.

– Sie konnte nicht anders handeln, sagte er endlich laut, und es war, als spräche er zu sich selbst.

– Warum hat sie gestanden?

– Der Mann im Auto war Volpe. Er hält sich für sehr stark, weil er Amateurpolizist und Journalist ist. Er will beweisen, wie er sagt, daß die Polizei ihr Handwerk nicht versteht, er dagegen sei fähig, die Mörder schneller als irgendein Polizeiinspektor zu entdecken. Er hat etwas geahnt, als er Marie umherirren sah, und hat sie in eine Falle gelockt. Sie ist ein bißchen ängstlich und hat alles geglaubt, was Volpe ihr zeigte, und war überzeugt, daß man sie guillotinieren wollte... Trotzdem hat Volpe nicht gewagt, meinen Namen in seiner Zeitung zu nennen. So weit ist er nicht gegangen. Übrigens ist er zufrieden, daß er den Mörder entdeckt hat. Er wird ein Buch daraus machen. So'n Idiot!

Ich begriff diese Erklärungen schlecht, und der seltsame Mann, den man Volpe nannte, schien mir nichts weiter als ein Dilettant mit einigen Fachkenntnissen. Ich hatte unbestimmte Andeutungen über ihn gehört und wußte nur, daß er zu dieser Gruppe von Individuen gehörte, die man

»Feuerliebhaber« nennt, zu diesen Leuten, die den Angestellten der Polizeikommissariate viel Geld zahlen, um sofort verständigt zu werden, wenn Feuer ausbricht. Dann stürzen sie an den Ort der Katastrophe und weiden sich an diesem Anblick. Ich hatte auch gehört, daß dieser Volpe häufiger Gast einer ganz besonderen Kategorie von Häusern sei, wo man sich gegen eine verhältnismäßig geringe Summe an gewissen sonderbaren Szenen ergötzen kann.

Volpe war ein Mann der Legende, berühmt und unbekannt zugleich, einer der vielen in Paris, von denen man niemals spricht und deren Ruf doch feststeht. Oft verbirgt die Legende eine Leere, manchmal ist sie nur ein sehr blasser Widerschein der Realität.

Der Matrose ließ eine Überlegung auf die andere folgen, deren Logik mir meistens entging. Ich schnappte hier und da einen halben Satz auf, aber in Wirklichkeit versuchte ich vor allem, dank einiger Worte, die mir klarer schienen, das seltsame Abenteuer des »Institut« zu erklären.

Ich wußte wohl, daß Paris eine obskure Stadt voller Geheimnisse ist, daß die Menschen, die dort leben, oft Leute sind, die sich verstecken, die gehetzt sind oder verloren, aber ich glaubte nicht, daß es tatsächlich möglich sei, all den Sanktionen zu entgehen, mit denen man Leute meines Schlages dauernd bedroht. Es schien, als wüßte ich nichts von der Nacht, und plötzlich erinnerte ich mich an lange Spaziergänge, in deren Verlauf ich die unerlaubtesten Taten hätte begehen können, ohne bemerkt zu werden. Und um mir sofort einen Beweis dafür zu geben, wunderte ich mich, daß niemand an diesem sonderbaren Paar, das da auf den Stufen des Pont des Arts saß, dem Matrosen und mir, Anstoß zu nehmen schien.

Alles atmete Ruhe, und es herrschte absolute Stille. Kein Fußgänger störte unser Zwiegespräch. Es gab in Paris so viel zu tun, was die Mühe lohnte, was wenigstens scheinbar weniger sanft war als wir.

Ich spitzte die Ohren, laucrte auf das geringste Wort, das einen Sinn für mich gehabt hätte, und ließ den Matrosen sprechen, der mit seinen Begründungen fortfuhr, das Für und Wider erwog, diese Marie oder sich selbst kritisierte.

Er sprach sehr einfach von dieser Frau, aber mit großer Liebe. Er sagte, sie sei nervös, aber gut. Niemals benutzte er einen Ausdruck oder eine Redewendung, wie sie in der Gaunersprache üblich sind; wenn er von der Umgangssprache abwich, tat er es ganz natürlich und spontan, und ich begriff sehr schnell, daß er dann keine anderen Ausdrücke kannte oder daß sie ihm nicht einfielen.

Trotz der Nebel, die er nicht zerstreuen konnte, erriet ich, daß er sehr an dieser Marie hing, aber unter einer Art von Eifersucht litt. Sie verdiente ihr Leben mit Prostitution, und wenn der Matrose nicht da war, stellte sie sich unter den Schutz eines anderen Mannes.

Der Matrose beschloß, dieser Situation ein Ende zu machen, und brachte den Mann um.

– Natürlich, sagte ich in diesem Moment, aber warum haben Sie sich die Mühe gemacht, ihn zu zerstückeln?

– Ich habe nicht daran gedacht, sagte er. Ich wußte nicht, wie ich ihn loswerden sollte, und da kam mir der Gedanke, ihn in die Seine zu werfen. Octave sagte mir dann, daß ich ihn vorher zerstückeln müsse. Als ich diesen Namen hörte, fuhr ich zusammen, aber der Matrose redete weiter:

–... zu schwierig. Der Gedanke ließ mich nicht mehr los. Ich würde mich besser rächen können. So ein Schuft... Ich ging fort, kam aber wieder zurück und machte die Runde um den Leichnam. Seine Augen starrten immer noch ins Leere. Ich konnte nicht widerstehen. Als die Arbeit beendet war, schwitzte ich Blut. Ich wickelte das alles in eine Sackleinwand und warf es dort drüben ins Wasser. Er wies mit dem Arm auf Notre-Dame.

– Dann haben sie ihn nicht weit vom Pont-Neuf gefunden. Wie, das weiß ich nicht.

Allmählich brummelte er nur noch. Dann fragte ich:

– Und Octave?

– Immer derselbe mit seinen Ideen. Eine Nummer. Neulich habe ich ihn wiedergesehen. Ich weiß nicht, was der gemacht hat. Er hat keine Ruhe mehr. Immer unterwegs, Tag und Nacht. Georgette folgt ihm, aber er geht schneller als sie. Und dann ist da das Trottoir. Es wird schließlich noch ein Unglück geben.

– Aber wie haben Sie das angestellt, daß Sie nicht geschnappt worden sind?

– Erstens haben sie alle Angst vor mir. Keiner verrät mich. Und dann sind sie zu dämlich. Ich habe keine Bleibe, wissen Sie, ich bin seit wenigstens sechs Monaten entlassen, und keiner weiß, was aus mir geworden ist. Keiner kennt mich. Ich gehe nur nachts aus.

Diesmal schwieg er endgültig. Ob aus Vorsicht oder Erschöpfung, weiß ich nicht.

Er blieb noch eine Weile auf der Brückenstufe sitzen, in grenzenlose Träumerei verloren und dennoch mit Plänen im Kopf.

Ich hielt es für richtig, ihm ein wenig Geld zu geben, bevor ich ihn verließ, damit er das Vertrauen, das er mir bewiesen hatte, nicht bedauerte. Er nahm es auf die selbstverständlichste Weise an und sagte:

– Vielen Dank, alter Freund.

8. Kapitel

Nach dieser Unterhaltung mit dem ruhigsten aller Mörder schien es mir leicht, die Fäden dessen zu entwirren, was ich vorher ein Geheimnis genannt hatte. Ich gestehe sogar, daß ich eine gewisse Enttäuschung nicht loswerden konnte, wenn ich bedachte, auf welche zu simple und zugleich zu gesuchte Weise ich in den Besitz der Schlüssel gelangt war. Der einzige der ganzen Bande, der noch Haltung bewahrte, war dieser Volpe. Ich gab mir große Mühe, weitere Auskünfte über ihn zu erhalten. Ich hatte den heißen Wunsch, ihn bald zu sehen.

Zuerst hatte ich die Idee, Georgette zu bitten, mich genauer zu informieren, aber mir wurde sehr schnell klar, daß sie nichts oder beinahe nichts wußte, jedenfalls, daß alles, was mir keine Ruhe ließ oder mir sonderbar erschien, für sie nur eine der Episoden ihrer Existenz war, und sie hätte mir zahllose Geschichten dieser Art erzählen können, wenn sie die geringste Erinnerung daran bewahrt oder sie auch nur bemerkt hätte.

Auf meine Frage hätte sie geantwortet:

– Na, und? Das ist Paris.

Sie hätte tausendmal recht gehabt. Das ist Paris, und ich hatte geglaubt, es zu kennen, und kannte weder sein Geschlecht noch sein Geheimnis, das ist das verkannte und wiedergefundene Paris mit seinem Atem, seinen Gebärden. Paris und seine schmiegsame, schweigende Nacht, Paris und seine geheimen Winkel, Paris und seine Gesichter.

Ich mußte Volpe sehen und sah ihn. Selbstverständlich heißt Volpe nicht Volpe. Er hat so viele Namen, daß man nicht weiß, ob auch nur einer davon richtig ist. Er ist Louis Dubois, alias... alias... alias... alias... usw. Er braucht Namen wie Alibis, denn für ihn ist jedes Handwerk einträglich.

Der allgemein verachtete Volpe ist mächtig genug, um sich dieser Verachtung zu bedienen. Ich erfuhr, daß er eine Tageszeitung leitete, daß er Chef einer Buchmacherbande sei, daß er an der Börse spekulierte und ein Varieté-Theater betrieb, daß er Freund und zugleich Terror der Prostituierten sei, daß er eine kleine Villa in Neuilly und ein möbliertes Zimmer in Charentonneau sein eigen nenne, daß er ein Auto hätte und nachts mit Zuhältern, seinesgleichen, herumzöge.

Volpes Beschäftigungen waren unbegrenzt; ihm kam es vor allem darauf an, so viel Geld wie möglich und so schnell wie möglich zu verdienen.

Bald zeigte man mir auf der Terrasse eines Cafés der Rue Royale einen fetten aufgedunsenen Mann mit Säcken unter den Augen, hängender Unterlippe und dicken, roten, behaarten Händen voller Ringe. Er war nicht unelegant gekleidet, aber irgend eine unbedeutende Einzelheit verriet ich weiß nicht welche Vulgarität. Er sah imposant aus. Sein Blick war zugleich offen und verlogen, aber es lag Stärke darin. Unter dicken, struppigen Augenbrauen standen seine Pupillen plötzlich still, und der Blick heftete sich so brutal auf den Gegenstand seines Interesses, daß nichts ihn verjagen konnte. Man mußte unweigerlich an einen Pfeil denken. Ich saß nicht weit von ihm und hörte ihn irgendein Papiermaché-Geschäft diskutieren. Er duzte seinen Gesprächspartner, und man sah ihm an, daß er die Leute leicht duzte; sein Lachen war fett, beleidigend, seine Bewegungen zu präzise.

Plötzlich nahm er seinen Hut ab, um sich damit zu fächeln, und sein Schädel wurde sichtbar, kahl und spitz. Hier zeigte sich seine Stärke am deutlichsten. Sein Nacken war imposant, der eines Mannes, der sich nicht so leicht einschüchtern läßt.

Barsch stand er auf und rief ein Taxi.

– Gare Saint-Lazare, Kleiner, und Galopp, befahl er dem Chauffeur. Die Tür schlug zu. Volpe ließ sich auf die Kissen sinken.

Mehrere Tage lang sah ich ihn nicht. Es gehörte zu Volpes Stärke, daß er keine Gewohnheiten hatte. Er ist beweglich und selbstsicher.

Mein Wunsch, ihn kennenzulernen, war gewiß stärker, als ich glaubte, denn es vergingen nur einige Tage, bis ich dieser sonderbaren Persönlichkeit vorgestellt wurde, deren tatsächlicher Einfluß auf das Schicksal der Wesen, die plötzlich in meinen Augen Paris und seine unbarmherzige Nacht darstellten, ich nach und nach und wie durch Zufall erfahren hatte. Volpe war freundlich und redete sofort auf mich ein; er sprach von tausend bedeutungslosen Dingen, die er von sich schleuderte wie Insekten. Ich sah ihn an, ohne zuzuhören, mit der gewissen Zudringlichkeit und Unverschämtheit der Neugierigen.

Aus der Nähe betrachtet, war Volpe noch häßlicher. Seine grobe Haut bildete ungleiche Runzeln um seinen Mund, dessen schlaffe Lippen malvenfarbig waren. Gesicht eines Weichtieres. In Volpes Art lag ein gewisser Mechanismus, eine systematische Gewohnheit zu täuschen. Seine Freundlichkeit und seine kameradschaftliche Art irritierten einen in unbeschreiblichem Grade, wenn man nicht darauf hereinfiel.

An jenem Abend befand er sich in Gesellschaft eines kleinen, dicken Mannes, der tatsächlich in seinen Bart gekleidet war, denn man sah nur dieses Haargestrüpp, das an einer schlecht brennenden Zigarette saugte. Die Hände auf dem Rücken, den Bauch vorgestreckt, erinnerte seine Silhouette an ein Lexikon.

Bald verließen wir die Tanzdiele der Hausangestellten, wo wir uns getroffen hatten. Diese humorvollen, wöchentlichen Bälle haben den Charme von Affenkäfigen. Diener verbeugen sich vor gut gelaunten Köchinnen.

Volpe, der auf seinen Vorteil bedacht war, wenn er solche Zusammenkünfte besuchte, fand dennoch Vergnügen an dieser Pseudogesellschaft.

Das wandelnde Lexikon erzählte uns von den sonderbaren Gebräuchen der Dienerschaft und führte Beispiele an. Er beschrieb uns mit ausführlichen Einzelheiten die Kleinkinderablage, wo Kindermädchen gegen eine Nummer die Babys hinterlegen. Das ist ein alter Brauch, behauptete er mit entwaffnender Sicherheit. Und er führte Fälle von Kinderverwechslungen an, die viel häufiger vorkommen sollen, als man vermutet. Manchmal unterstrich er seine Behauptung mit einer Betrachtung, die er sich bei Restif de la Bretonne ausgeliehen hatte, der offensichtlich sein Vorbild war. Volpe ließ ihn sprechen.

Jede Begegnung war für den kleinen Alten eine Gelegenheit zu konferieren. Als Volpe auf dem Boulevard beiseite trat, wobei er uns mit aller wünschenswerten Vulgarität den Grund dafür angab, nahm mich »das Lexikon« beim Ärmel und hielt mir eine Rede, die etwa so lautete:

– Die Bedürfnisanstalten sind entschieden häßlich, begann er. Aber sie sind praktischer als alles, was bis dahin erfunden worden war. Wissen Sie, sagte er mit einem verschmitzten Lächeln, daß am Ende des Mittelalters Eimerträger in den Straßen herumliefen, um Leuten, die es »eilig« hatten, zu Hilfe zu kommen? Sie waren mit einem weiten Mantel ausgerüstet, der eine Art von provisorischem Schutz gewährte; nur das Gesicht des hockenden Kunden guckte daraus hervor. Danach wurde der Eimer in die nächste Gosse geleert.

Im 17. Jahrhundert wurde dieser primitive Schutz von einer Art durchlöchertem Stuhl ersetzt, der auf vier Rädern ruhte, eigentlich eine rollende Bedürfnisanstalt.

Laut polizeilicher Verfügung durften die »Pächter«, sobald sich ein Kunde auf den Stuhl gesetzt hatte, nicht stehen bleiben. Der Mann mußte also aufs Geratewohl sich fortbewegen oder doch wenigstens, wie ich hoffe, in der Richtung, die der Kunde ihm angab. So wurde immer ein Stück Wegs gewonnen. Die Geschichte sagt nicht, ob der Lenker dieses Gefährts im Schritt, im Trab oder im Galopp fahren mußte, aber stellen Sie sich bitte vor, wie zu jener Zeit der Boden unserer Straßen beschaffen war. Unter Ludwig XIII. hatte nur die Hälfte von Paris gepflasterte Straßen; der Boden war ungleichmäßig, aufgeweicht, modrig, voller Schlammlöcher, Schutt- und Abfallhaufen.

Wenn der Unrat überhandnahm, wurde er an bestimmte Stellen befördert, und diese öffentlichen Abladestellen bildeten schließlich kleine Hügel. So entstand die »Butte Saint-Roch«. Durch diesen Hügel hindurch wurde später die elegante Avenue de l'Opéra gelegt.

Im 18. Jahrhundert wurden solche Aborte vor allem längs der Quais eingerichtet – ohne Aufsicht und ohne Pflege –, und die Mauerecken bildeten die Anfänge unserer ersten Spülaborte.

Nachdem er seine kleine Rede beendet hatte, suchte der selbstzufriedene kleine Mann etwas in seiner Tasche und zog eine schmierige Zigarette heraus, die er gleich anzündete.

Volpe sah ihn an, wie man einen Arbeiter beobachtet, der sich befleißigt, seine Arbeit zu tun. Er betrachtete ihn mit Nachsicht, denn der alte Mann unterrichtete ihn von allerhand Dingen, die ihm nützlich sein konnten. Während ich Volpe beobachtete, begriff ich sehr schnell, daß er es wunderbar verstand, sich jedes Menschen zu bedienen, der in seine Nähe geriet. Nie ließ er die Unterhaltung abschweifen und war immer darauf bedacht, sie zu lenken. Wenn ihm das Geschäft, das er selbst ausgelöst hatte, über war, schnitt er ganz einfach den Faden der Rede ab und ging zu etwas anderem über.

– Lebwohl, alter Freund, sagte er zu dem Schwätzer. Ich sehe dich dieser Tage im Café Bleu wieder. Er schüttelte dem kleinen Alten die Hand, und während er meinen Arm ergriff, kehrte er ihm, der gerade wieder eine Geschichte loslassen wollte, schleunigst den Rücken und ließ ihn stehen.

Er wartete nicht lange, um mich auszufragen. Volpe fürchtete keinen Schnitzer. Er ist dafür bekannt, ohne Umschweife aufs Ziel loszugehen. So könnte man in bezug auf Volpe die Litanei fertiger Ausdrücke herunterleiern, die sich auf energische und autoritäre Menschen bezieht.

– So, so! Sie kennen also meinen Freund Octave.

Ich bewunderte die Kühnheit dieses Mannes, der gleich auf den ersten Hieb meine heimliche Frage beantwortete:

– Ja, ich kenne Octave, auch Georgette und sogar den Matrosen.

Volpe mag nicht, daß man mit gleichen Waffen kämpft wie er. Mit seiner klaren, präzisen Frage bezweckte er, mich über Octave auszufragen, und wollte mich nach und nach dazu bringen, ihm meine Zusammenkünfte mit seinen »Freunden« zu erzählen, denn er legte größeren Wert auf Einzelheiten als auf das Geständnis dessen, was er wahrscheinlich schon wußte. Vielleicht wollte er die Beziehungen der Leute überprüfen, die er zu Recht oder zu Unrecht als seine Agenten betrachtete.

– Ich weiß, erwiderte er mit selbstzufriedener Miene, wir werden sie nachher treffen.

Dann, entschlossen zu schweigen und das Schweigen respektiert zu wissen, ging er leise pfeifend weiter wie jemand, der auf einem Landweg an einem Grashalm kaut. Er schlug ein Rad mit seinem zu reich verzierten Spazierstock.

In dem kleinen Café, wohin mich Octave eines Abends mitgenommen hatte, um seinen Freund, den Buchmacher, zu treffen, wurde Volpe erwartet. Drei oder vier standen dort und diskutierten, während Octave mit abwesendem Blick danebenstand.

Volpe drückte schnell die Hände mit aller wünschenswerten Anmaßung. Er schien alle diese Leute, wer weiß warum, als Untergebene zu betrachten und es als ganz besondere Gnade anzusehen, daß er sich mit ihnen abgab.

Volpe verlor nicht gern seine Zeit und begann sofort eine Diskussion, deren wesentlicher Gehalt mir entging. Mir schien, es handelte sich um eine wichtige Wette, um einen Einsatz und einen gewissen Vorbehalt. Vornamen und Spitznamen flogen umher wie Fliegen.

Plötzlich kamen zwei Männer herein, die ich vom Sehen kannte. Es waren gewohnte Gesichter der Montparnasse-Cafés.

Jeden Tag saßen sie auf der Terrasse des Café Dôme, benahmen sich großspurig und beobachteten das Gehen und Kommen der in dieser kleinen Welt berühmten Frauen. Manchmal zankte sich einer von ihnen mit großem Lärm und betätigte sehr schnell seine Fäuste.

Der rabiateste war ein Mann namens Verbaut, den man leicht an seinem roten Kopf erkannte. Er kam in unser Café mit einem herausfordernden Lächeln und wandte sich sofort an Volpe.

– Sie suchte ich gerade, sagte er.

Volpe sah ihm direkt ins Gesicht.

– Haben Sie mir heute etwas Wichtiges zu sagen?

Er betonte mit einer Mischung von Ernst und Ironie das Wort »heute«.

– Hat keinen Zweck, mich überlisten zu wollen, sagte Verbaut in entschlossenem Ton. Ich bitte Sie, Georgette in Ruhe zu lassen. Sonst kriegen Sie's mit mir zu tun.

– Hören Sie, Verbaut, antwortete Volpe in einem Ton, der aufreizend ruhig war, hören Sie, mein Freund, ich habe Ihnen schon gesagt, daß Sie mir keine Befehle zu geben haben.

Verbaut preßte die Lippen zusammen und ballte die Fäuste; dann trat er dicht an Volpe heran und schrie ihm ins Gesicht:

– Ich sage Ihnen zum letzten Mal, Georgette in Frieden zu lassen und ihr nicht mehr diesen blöden Weg aufzuzwingen. Sie kann ihr Geld ebensogut auf dem Montparnasse oder anderswo verdienen.

Verbaut verlor ein wenig an Boden, weil er mit Vernunftgründen kam. In diesem Augenblick mischten die anderen sich ein und sagten ihre Meinung.

Volpe hörte ihnen gar nicht zu. Als ob ihn das alles gar nichts anginge.

Der immer schweigsame Octave sah Verbaut manchmal mit unverhohlenem Erstaunen an. Dieser hatte sich ganz nahe zu mir an unseren Tisch gesetzt. Manchmal rief er mich zum Zeugen an und erklärte, daß diese Situation unerträglich sei, eine unzulässige Freiheitsbeschränkung. Er sprach mit Härte von Georgettes Gehorsam.

Ich dachte an sie, wie sie ihren Weg ging, jede Nacht immer den gleichen Weg.

Verbaut erhielt Verstärkung in Gestalt von zwei jungen, ziemlich schlecht gekleideten Burschen, die mit Stöcken bewaffnet waren. Sie traten entschlossen herein, als gehorchten sie einem Befehl.

– Na, sagten sie zu Volpe, haben Sie verstanden?

Aber Volpe fing an, mit dem immer noch schweigsamen Octave zu sprechen.

Mir wurde klar, daß diese Leute trotz der einstimmigen Mißbilligung von Volpes Verhalten zwei verschiedene Gruppen bildeten. Die eine bestand aus Verbaut und seinen Freunden, die andere aus Octaves Begleitern. Diese unterstützten Volpe unbewußt, wenn sie auch seinen Standpunkt nicht teilten. Jedenfalls waren alle bereit, bis zum Morgengrauen zu diskutieren.

9. Kapitel

> Ein gewisses Etwas, was in keiner Sprache mehr einen Namen hat.
>
> *Tertullian*

Als die Diskussion am lebhaftesten war, erhob sich Octave ganz gemächlich und ging zur Tür. Aber diese Flucht war Volpe nicht entgangen, der mir lächelnd ein Zeichen gab. In seiner brutalen Art verabschiedete er sich von der Gesellschaft und ging Octave nach, der gemächlich wie immer den Quai hinunterging. Als er an den Platz Saint-Michel kam, sahen wir, wie er sich plötzlich umwandte und den Gleisen der Tram Nr. 8 in Richtung der Gare de l'Est folgte.

Octave ging ernst und in genau abgemessenen Schritten seinen Weg, ohne sich je im geringsten um uns zu kümmern.

Trotzdem fragte ich Volpe, ob er glaubte, daß Octave sich verfolgt wußte.

– Sie kennen ihn noch nicht. Das ist ihm ganz schnuppe. Und wenn er ein ganzes Stadtviertel hinter sich hätte, würde ihn das nicht hindern, seinen monotonen Spaziergang fortzusetzen. Octave ist, ohne daß Sie es ahnen, mit einem Experiment beschäftigt. Ich könnte Ihnen nicht sagen, was es ist. Das ist es übrigens, was ich wissen will. Was ihn augenblicklich sehr beschäftigt, ist das Feuer. Vor einigen Monaten interessierte er sich sehr lebhaft für das Wasser; dann waren es die Frauen. Er folgte ihnen manchmal Tag und Nacht, um sie zu beobachten, aber ohne je das Wort an sie zu richten. Er wollte wissen, was dabei herauskäme. Wenn Sie ihn jetzt ansprechen würden und von Feuer reden, würde er stehenbleiben und Sie verächtlich ansehen. Er hat seine Überzeugung. Dabei bleibt er, bis er sich für etwas anderes interessiert.

Ich überraschte Volpe bei einer Schwäche: er war durch und durch eitel. Glücklich, mein Erstaunen zu wecken, hörte er nicht auf, über Octave zu sprechen. Er wollte noch mehr sagen, als müsse er sich von einem Gewicht befreien.

Octave ging in die Nacht hinein, gefolgt von den lauten, funkelnden Rufen der hohen Straßenlaternen und von dem Murmeln des Volpeschen Monologs.

Auf diesen menschenleeren Boulevards trieben sich noch einige Frauen herum, die auf der Suche nach dem letzten Aufflackern der Nacht gesenkten Hauptes auf und ab gingen.

Der Schlaf machte die in Schweigen versunkenen Häuser starr und stieg zum Himmel empor, der bei seinem Nahen erbleichte. Nicht der geringste Hauch. Als Volpe aufhörte zu reden, konnte ich das Rauschen der schlafenden Stadt hören. Wie ein großer, kranker Leib, so warf sich Paris hin und her, um den Krallen des Fiebers zu entgehen. Aber aus sich selbst lebte plötzlich die Ruhe wieder auf wie eine halb erloschene Flamme.

Wir näherten uns der Gare de l'Est. Octave, der immer noch den Trambahngleisen nachging, bog schräg nach rechts und ging an den Palisaden entlang, die die Auffahrt der Verwaltungsgebäude umgeben. Brüsk wie immer sprang er hinüber und ging auf den Bauplatz neben den toten Gleisen. Wir folgten ihm durch dieses Schienengewirr. Er blieb vor einem Kohlehügel stehen, ging um ihn herum und sah sich die Materie dieser Kohlen mit dem leidenschaftlichen Interesse eines Geologen an. Ich erkannte Octaves Bewegungen wieder, abgerissen und zugleich gemächlich, die mir schon aufgefallen waren, als ich ihm zum ersten Mal nachging.

Volpe, der sich im Dunkeln versteckte, beobachtete ihn.

Ein heftiger Wind kam vom Bahnhof und wirbelte den Kohlenstaub auf. Die Halle in der Ferne sah festlich aus. Nachdem Octave zwei- oder dreimal um den Kohlevorrat herumgegangen war, wandte er sich vorsichtig den Schuppen zu, wo die Hochdruck-Lokomotiven auf die Stunde der

Abfahrt warten. Er zögerte ein wenig, wohl aus Furcht, bei seinem Spaziergang überrascht zu werden.

Aber als er die Feuer der Lokomotiven sah, kannte er keine Furcht mehr und stürzte den roten Kreisen entgegen.

Er kletterte auf die erste Lokomotive, der er begegnete, und die Hände auf dem Rücken, als könne er so besser sehen, blieb er unbeweglich stehen. Als er jedoch ein Geräusch hörte, sprang er schnell ab und verschwand in der Nacht.

Eine Zeitlang ging er, dann stand er still, um einen Zug vorüberfahren zu sehen, dessen Lichter eine lange Feuerschlange bildeten. Er nahm seinen Marsch wieder auf, bis er zu den Gasometern kam. Da standen etwa zehn große schwarze Glocken, die man für die Beute einer Riesenschlange hätte halten können. Octave ging gewissenhaft um jede dieser Glocken herum und schlug von Zeit zu Zeit mit einem Stein an die Wand. Während wir ihn heimlich beobachteten, zog Volpe die Schultern hoch und machte mir ein Zeichen zu schweigen. Plötzlich lief Octave einer hohen Lokomotive entgegen, die Feuer und Rauch spuckte. Wir dachten schon, er würde überfahren werden, aber wie ein Stierkämpfer sprang er plötzlich beiseite, und die Lokomotive fuhr keuchend vorüber.

Noch einmal blieb Octave stehen: vor einer riesigen Mauer, die ein Haus stützte. Die Mauer bot einen tragischen Anblick, war schwarz von Rauch und Staub, ekelerregend von den Anschlägen, die in Fetzen herunterhingen, aber ganz hoch oben war ein Fenster in die Wand gehöhlt, und das war erleuchtet. In der Nacht sah es beinahe aus wie ein einziges Auge. Octave hob einen Stein auf und schleuderte ihn mit aller Kraft in Richtung des Fensters. Der Stein traf sein Ziel nicht und fiel zu unseren Füßen nieder. Octave wiederholte das Experiment mehrmals, aber immer ohne Erfolg; dann plötzlich hörten wir das Geräusch einer zerbrochenen Fensterscheibe, und eine Flut von Beschimpfungen sprang als Antwort die Mauer herunter. Octave war schon weit fort.

Ich fragte Volpe, was Octave eigentlich suchte, aber er gab mir ein Zeichen, nichts mehr zu sagen, denn dieser kam auf uns zu. Er ging ganz nahe an unserem Versteck vorüber und wandte sich der Überführung zu. Er kletterte die Treppe hinauf, die zu der Signalanlage führt, betrachtete eine Zeitlang die Laterne, die ihn beleuchtete; dann sprang er hinunter und ging wieder auf die Straße. Wir beeilten uns, ihm zu folgen. Octave lief im Zickzack vor uns her, wie die Zeitungsausschreier es tun.

Volpe hatte einige Mühe, mit ihm Schritt zu halten, und geriet außer Atem, aber er wollte den Flüchtling nicht aus den Augen verlieren.

Er befahl einem Taxi, Octave zu folgen, der unermüdlich schneller und schneller lief. Auf dem Châtelet-Platz ließ Volpe den Chauffeur schneller fahren, um Octave zu überholen; dann sprangen wir aus dem Wagen und gingen ihm entgegen.

Als Octave Volpe vor sich sah, blieb er prompt stehen und winkte ihm freundschaftlich zu.

Anstatt ihn auszufragen, wie ich es getan hätte und wie ich Lust hatte, es zu tun, ging Volpe ganz einfach neben ihm her, ohne ein Wort zu sagen. Octave ging nach Hause, und wir begleiteten ihn bis zur Haustür. Der Tag war nicht fern, und man hörte das Getöse, das dem Ende der Nacht vorangeht.

Am Toreingang faßte Octave Volpe beim Arm und gab ihm zu verstehen, daß Schweigen geboten sei. Er wartete, ich weiß nicht worauf, lauschte gespannt und riß die Augen weit auf. Es wurde immer heller: alles war malvenfarbig. Als die Kälte spürbar wurde, sagte Octave halblaut: »Bald.« Dann ging er ins Haus. Volpe sah besorgt aus, wie Leute, die zu verstehen suchen. Er wandte die Augen nicht von dem Torweg ab, durch den Octave verschwunden war. In einigen Läden wurde es lebendig.

Aus Instinkt schwieg ich und überließ Volpe seinen Gedanken.

Ein Schatten kam auf uns zu. Georgette, die Tages-Georgette, die Arme vollgepackt mit Lebensmitteln, kam schnellen Schrittes daher. Als sie Volpe erkannte, trat sie zurück wie ein verängstigtes Pferd.

Volpe rührte sich nicht, und Georgette ging ohne Gruß an uns vorüber. Ich wollte sie ansprechen, aber mit einer barschen Gebärde hinderte er mich daran.

Der Tag, der sich endgültig auf Paris niederließ, verbreitete eine kalte Trockenheit, die das Ende von etwas anzeigte. Volpe, weiter unbeweglich, schien jemanden zu erwarten, aber als die Milchwagen mit ihrem Eisengeklapper herangaloppierten, verlor Volpe jede Hoffnung und jede Geduld.

Er riß mich mit sich in Richtung des Boulevard Saint-Germain auf der Suche nach einem Café, und trotz der Kälte setzte er sich an einen kleinen Tisch auf der Terrasse. Die Ellbogen auf die Marmorplatte gestützt, aß er gierig. Seine dicken schweren Augen schlossen sich.

Nachdem er ausgiebig gefrühstückt hatte, bat er mich um eine Zigarette.

Er drehte die Zunge siebenmal im Munde herum, bevor er der offenkundigen Lust nachgab, zu sprechen.

– Glauben Sie, daß Georgette von den Plänen ihres Bruders weiß? fragte ich ihn.

– Georgette? Sie sind gewiß überzeugt, diese Frau zu kennen. Sie können sie aber nie verstehen, denn Sie werden immer das Bedürfnis haben, ihr Ideen und Absichten zuzuschreiben. Georgette lebt außerhalb dessen, was wir – Sie genauso wie ich – für ihr Selbst halten. Ich habe nie zugeben können, daß sie nur die sei, die vorübergeht, die gehorcht. Georgette ist eine Frau. Ich kann nichts anderes sagen. Sie lebt, und das ist alles. Sie wissen nicht, welche Rolle sie bei all diesen Leuten spielt, die Sie in meiner Gesellschaft gesehen haben. Diese Rolle könnte man mit einem Fetisch oder mit einem Maskottchen vergleichen.

Plötzlich wurde Volpe ernst.

– Wenn sie je aus dem einen oder anderen Grund verschwinden sollte, gäbe es ein schönes Durcheinander...

Der kalte Morgen hatte Volpe die einzige Trunkenheit gegeben, deren er fähig war.

– Sagen Sie mal, ist Ihnen nicht aufgefallen, daß der Tag nie fern ist, wenn Georgette fortgeht? Ich habe den Eindruck, wenn sie für immer gehen würde – und Sie wissen, daß ich mich nicht leicht aus der Fassung bringen lasse – ich habe den Eindruck, daß es dann keine Nacht mehr geben würde.

Volpe stand auf und gab mir zu verstehen, daß er jetzt gehen wollte, allein, und daß ich ihn nicht zu begleiten brauchte.

Während ich das letzte Croissant aus dem Brotkorb aß, dachte ich daran, was Volpe mir gesagt hatte, und an diese Behauptung, unverständlich und unumstößlich zugleich:

Georgette ist eine Frau.

Damit erklärten sie das Geheimnis. Mit dieser Behauptung wollten sie alles erklären. Ich lächelte skeptisch, und dennoch konnte ich nicht anders, als mich selbst mit dieser Erklärung zufriedenzugeben.

Langsam, im Gefolge des aufsteigenden Tages, nahm ich meinen Weg wieder auf. Während die Sonne aufging und mir entgegenkam, staunte ich, inmitten des Geheimnisses leben zu können, ohne mich in jeder Sekunde darüber zu verwundern. Ich gab zu, daß man sich an die seltsamsten Umstände gewöhnt, und lächelte mitleidig in Gedanken an jene, die sich weigern, sogenannte Narren zu sein, die alles verstehen wollen und dabei nicht einmal fähig sind, das tägliche Geheimnis zu bemerken, das sie ganz und gar einhüllt.

Während dieses sonnendurchglühten Morgenspaziergangs sah ich vor meinen Augen den Zufall wachsen. Er erschien mir wie eine mächtige und doch ganz nahe Persönlichkeit, die das Aussehen von Tausenden von Menschenwesen annahm. Er war ebenso dieser friedliche Fußgänger, der mir entgegenkam, wie dieser betrunkene und müde Taxichauffeur, er war Volpe und Octave, er war vielleicht ein Stück meines Selbst. Er wuchs und wuchs, und bald wurde mir klar, daß Paris, meine Stadt, zu seinen beliebtesten Wohnstätten gehört. Zwar hielt ich den Zufall für universell, aber in Paris glaubte ich ihn leichter als irgendwo sonst zu erkennen, ja, ihn fast mit dem Finger zu berühren. Er war, sagte ich mir, die Hand der Zeit.

Das laute Getöse des Morgens und die starken Frühlingsgerüche umwirbelten mich, als wollten sie meiner Hellsicht recht geben. Dieses Getöse, diese Gerüche waren das Spielzeug des Zufalls, wie so viele andere Dinge, denn der Zufall spielt unablässig und führt das Spiel. Ich wußte wahrhaftig genau, daß es Menschen gibt, die mit ihm kämpfen wollen, andere, die ihm die Existenz abstreiten, aber auch solche, die sich nur auf ihn verlassen. Es gibt andere, die ganz einfach, vielleicht unbewußt, seinen Befehlen gehorchen, und an diesem Morgen wollte ich wie diese sein, mir selbst näher und stärker.

Auf dem Pont de la Concorde blieb ich stehen und betrachtete freundschaftlich den Bogen, den die Seine macht. Auf dem Fluß trieb ein Schaum von Gegenständen: Holzstücke, undefinierbare Abfälle, die ihrem Schicksal entgegenglitten. Einige, fest aneinandergepreßt, hatten sich in eine kleine Bucht geflüchtet. Die Strömung hob sie empor, überflutete sie höhnisch und riß manchmal Bruchstücke ab, um sie in die Flußmitte zu schleudern.

Meine Augen schweiften von einem Ufer zum anderen. Bald kämpfte mein Geist gegen die Strömung, bald ließ er sich von ihr treiben. Bald wollte ich Ursachen, Gründe suchen, bald akzeptierte ich gern meine Unwissenheit, meine Einfalt.

In der Ferne, zwischen den Türmen von Notre-Dame, erschien der Frühling. Dann erhob sich ein gewaltiger Wind und wehte wie die größte Fahne, die ich je in meinem Leben gesehen habe.

10. Kapitel

Es gibt Monate, in deren Verlauf man unter einem bestimmten Zeichen lebt, sei es das des Unglücks, sei es das der Liebe oder des Zufalls.

Ich bemühte mich während der Tage, die meiner Begegnung mit Volpe folgten, die Spuren dieses Mannes wiederzufinden und zu erfahren, was er trieb. Es war mir nicht unbekannt, daß Volpe im Grunde ein banaler Typus in Paris ist, der Typ des Menschen, der vorwärts kommen will und dem es gelingen wird, auf legalem oder illegalem Wege, je nach den Umständen, ein Maximum an Geld in einem Minimum an Zeit zu verdienen. Viele stehen an der Spitze von blühenden – bekannten oder unbekannten – Betrieben, wo sie, man muß es gestehen, unbestreitbare Fähigkeiten entfalten. Die erstaunlichste dieser Fähigkeiten ist die, die ihnen erlaubt, auf die unfügsamsten Leute einen beträchtlichen Einfluß auszuüben. Volpe hatte die Gabe, Menschen gefügig zu machen, die jeden Gehorsam verabscheuen und deren Leben ein ununterbrochenes Beispiel der Empörung ist.

So regierte Volpe über eine ganz spezielle Welt, deren große Stärke Skrupellosigkeit verbunden mit bemerkenswertem Unternehmungsgeist war. Es ist ein Gemeinplatz, von einem Menschen zu sagen, daß er mit seinesgleichen umgeht wie mit Figuren auf einem Schachbrett. Dieser so abgedroschene Vergleich schien mir noch gültig, wenn ich daran dachte, in welcher Art Volpe die verschiedenen Mitglieder seines Kreises handhabte.

Es scheint, daß Volpe Hafenarbeiter in Bordeaux war, als ihm einfiel, daß er seine Körperkraft besser in einem Tingeltangel der Stadt anwenden könnte. Sein stattliches Aussehen fiel einer gewissen Dame auf, die oft in diese Schmiere kam, und so taten sie sich zusammen.

Diese Frau besaß in Bordeaux zwei oder drei sogenannte spezielle Häuser, die eine wichtige Einnahmequelle waren. Nachdem Volpe – wie er sich gern ausdrückte – sein Schäfchen ins trockene gebracht hatte, kam er nach Paris und begann mit seinen Machenschaften.

Die Zahl seiner Beschäftigungen konnte ich nicht genau erfahren. Aber die Prostitution, Rennen, Glücksspiele, Varietés und was damit zusammenhängt, interessierten ihn gleichermaßen und brachten ihm viel ein. Er war immer bereit, etwas zu kaufen, um es so schnell und so vorteilhaft wie möglich wieder zu verkaufen. Eines Tages verkaufte er Bilder, am folgenden Tag Baumwolle und wahrscheinlich Frauen. Er besaß eine Menge Aktien von mehreren Zeitungen, die er emsig beriet und die ihm zugleich als Schild dienten. Was bei Volpe auffiel, war die bemerkenswerte Gabe, immer, bis auf den Grund alles, was ihm gehörte, auszunutzen. Er fand Geschmack an kleinen Betrieben, die schnell etwas einbrachten, und man konnte wohl sagen, daß er sich durch Schleichgeschäfte bereicherte. Wie alle Leute dieser Kategorie hatte Volpe eine ganze Menge von Lastern. Aber er liebte vor allem, zu herrschen.

In dem Kreis, wo ich ihn leben sah, war er der unbestrittene Herr. Und um diese Macht zu bewahren, war er zu allem fähig. Die seltsame Inszenierung, die er eines Nachts vor dem »Institut« organisiert hatte, war nur einer der schlechten Streiche, an die er gewöhnt war. Diese Erpressung in großer Aufmachung hatte ihm erlaubt, seinen Einfluß zurückzuerobern. Die Frau, die ihm widerstand, die nicht gestehen wollte, die sich empörte, wäre, wenn er sie nicht mit allen Mitteln zum Gehorsam gezwungen hätte, das ärgerlichste

Beispiel für die ganze Bande gewesen. Er konnte nicht gestatten, daß man ihm etwas verbarg. Und er gestattete es nicht.

Gewiß, hätte er der Geliebten des Matrosen direkt gedroht, sie bei der Polizei anzuzeigen, hätte man ihn sofort als Verräter betrachtet oder vielmehr als einen verachtungswürdigen Menschen. Er aber wollte einen Zweifel bestehen lassen. Diese ganze Aufbietung an Kraft und Beeinflussung mußte diese Frau, die dazu neigte, bei einem Melodrama zu weinen und im Kino zu schreien, wenn eine sympathische Person erwürgt wurde, für immer beeindrucken.

All das wußte Volpe, und er hatte nicht gezögert, das Schauspiel zu organisieren, dessen Zeuge ich gewesen war. Vielleicht war er der erste, der darüber lachte oder es als unwahrscheinlich beurteilte. Aber er kannte besser als irgend jemand die Seele dieser Frauen, die keine anderen Berater haben als die Karten und die fest an den bösen Einfluß von Pikdame oder Pikas glauben. Volpe selbst legte sich die Karten oder ließ sie sich legen. Dieser Mann, der gegenwärtig im Wohlstand lebte, hatte ehrliche Furcht vor der Zukunft. Er wollte sie fest umfassen, selbst wenn er sie stärker vermutete, als er selbst war, aber er konnte den furchtbaren Nebel des folgenden Tages nicht ertragen. In gewisser Hinsicht war Volpe ein Spieler, und wie alle dieser Rasse war er abergläubisch, empfänglich für Prophezeiungen, leidenschaftlich in die Zukunft verliebt.

Er kannte sich gut, und diese Schwäche, die er leicht bei den anderen wahrnahm, da er sie erkannte, benutzte er.

Als er die Rolle des Matrosen erfuhr, suchte er natürlich nicht, ihn auszuliefern; er wollte ihn im Gegenteil anwerben, und von diesem Tag an protegierte er ihn.

Keiner von jenen, die wußten und die von Volpe den Namen des Mörders erfahren hatten, wäre auf den Gedanken gekommen, ihn auszuliefern. Zunächst wegen dieser berühmten Ritterlichkeit, dann aus Abscheu vor dem gemeinsamen Gegner, schließlich aus Furcht vor Volpe, der mehrmals den bewährten Schutz bekundet hatte.

Da er die Fäden in der Hand hielt und das Geheimnis aller dieser Existenzen besaß, konnte er sich erlauben, zu befehlen. Er erlaubte es sich. Aber er sicherte jedem seinen Unterhalt. Ich sah oft, wie er dringend um etwas gebeten wurde, ohne je abzulehnen. Er hatte eine ihm eigene Gebärde, die er oft in meiner Gegenwart wiederholte. Er beugte den Rücken, griff mit der linken Hand in die Innentasche seiner Jacke, um eine Brieftasche herauszuziehen, die er schnell öffnete und ihr mit Gewandtheit eine Banknote entnahm. Und nie fragte er nach dem Grund der Anleihe, nie reklamierte er. Viele, die er leitete, waren ihm aufrichtig ergeben, zunächst, weil sie ihn fürchteten und ihn bewunderten, und dann, weil sie wußten, daß der Kampf zwecklos wäre. Einige jedoch haßten ihn offensichtlich.

Octaves Freund, der Mann mit dem Schlapphut, gehörte zu den feindlichsten. Er ging um ihn herum wie ein bissiger Hund. Übrigens war dies ein verbitterter Mensch, wie alle Heruntergekommenen. Er war früher Hotelbesitzer gewesen, aber die Rennen, so hieß es, hätten ihn ruiniert. Aus dem Spieler war ein Buchmacher geworden. Aber er haßte die Leute seiner Umgebung und ganz besonders Octave, dessen Freund er sich nannte, aber den er gern durch rücksichtslose Bemerkungen verwirrte. Für Georgettes Bruder erfand er grausige Geschichten, unglaubliche Verschwörungen. Was tatsächlich bei fast all diesen Leuten erstaunte, war der unwahrscheinliche Geschmack für das Ungewöhnliche. Sie hatten das Bedürfnis, sich für die Zielscheibe extravaganter Gefahren zu halten. In allen, die sie nicht kannten, sahen sie Feinde.

Der Mann mit dem Schlapphut lieferte allen, die arm an Phantasie waren, eine herrliche Materie. Er war es, der den Ort ihrer Versammlungen, so seltsam wie das Aquarium des

Trocadéro, wählte und vorschrieb. Und alle gefielen sich an den seltsamsten Plätzen. Übrigens verstand ich allmählich, daß diese Liebe zum Seltsamen instinktiv war: sie übten sich irgendwie und so oft wie möglich, ihre Nerven zu beherrschen, sich über das Gewohnte lustig zu machen und ihre Aufmerksamkeit in jeder Lage zu schärfen. Und Volpe selbst hatte ein Bedürfnis nach dem Phantastischen.

Ich war erstaunt, verwundert über die Hilfe, die ihre Phantasie ihrem Leben brachte, immer voll von Unvorhergesehenem. Diese Menschen, die sich verbergen mußten und die es liebten, sich zu verbergen, wenn sie durch irgendeine Tat gefährdet waren, konnten nicht mehr auf diese Verstellung verzichten. Sie hatten sich alle angewöhnt, zu erfinden, zu täuschen, falsche Fährten und allerlei Alibis vorzubereiten.

Die Frauen, die sie begleiteten und von denen sie lebten, waren zum größten Teil nicht von diesen Phantasien unterrichtet. Sie hatten ein Handwerk, das geduldet und anerkannt war, und suchten nicht, es zu verbergen. Sie unterwarfen sich gern den gegebenen Befehlen oder sogar der Brutalität. Sie schienen glücklich, das Leben, das ihnen vorgeschrieben wurde, zu akzeptieren.

Georgette hatte einen besonderen Platz. Sie war Volpes Schützling, der jedoch nicht ihr Geliebter war. Aber dieser Schutz hätte nicht genügt, um ihr die Überlegenheit zu sichern, die jeder ihr zuerkannte. Sie nahm tatsächlich an den Beratungen teil, sie hatte ihr Wort zu sagen, sie war unabhängig und wurde irgendwie behandelt, als wäre sie ein Mann. Die Frauen betrachteten sie nicht als eine der ihren. Denn Georgette war für alle ein Geheimnis. Das Leben, das sie führte, war so klar eingeteilt, daß es täuschen konnte. Georgette des Tages, Georgette der Nacht.

Aber im Grunde kam ihr großes Ansehen daher, daß sie sehr distanziert war und daß niemand ihr etwas anhaben konnte. Niemand wußte, woher sie kam, und man konnte die Gründe nicht erklären, die sie an diese Gruppe banden. Sie akzeptierte den Brauch, Volpes Autorität, aber weil sie es so wollte. In ihrer Abwesenheit wurde ihre Haltung oft diskutiert, man beklagte das Geheimnis, das ihr Wollen und ihre Wünsche umgab, und man freute sich über ihre Gewandtheit. Georgette besaß einen Zauber, auf den man unweigerlich hereinfiel. Wenn sie bei Einbruch der Nacht auf den Montparnasse ging, und wenn Verbaut und die anderen sich um sie scharten, wahrte sie immer diese Überlegenheit. Sie, die doch nur Verachtung und Hohn für die Frauen hatten, mit denen sie sich abgaben, akzeptierten ihre Gleichgültigkeit, ihre Unabhängigkeit. Sie brauchten ihre Gegenwart. Gewiß, Georgette war hübsch, aber manch eine Frau hätte es mit ihr aufnehmen können. Ihre Augen, die dunkler waren, als sie auf den ersten Blick schienen, hefteten sich auf Dinge und Menschen mit einer Unbefangenheit, die ihrem Blick etwas Seltsames gab. Wenn sie sprach, geschah das Wunder: ihre Stimme war sanft, aber ein wenig heiser; sie drehte sich um sich selbst wie ein Rauch, sie schmeichelte sich ein, sie war wie ein Geflüster, aber wenn ihre Lippen begannen, sich zu bewegen, wurde es plötzlich ganz still. Ich erinnere mich nicht, von Georgette endgültige Urteile gehört zu haben, aber sobald sie sprach, war man sofort bereit, ihr zu glauben und ihr zu folgen.

Man liebte sie, ohne sie ganz zu lieben, man fürchtete sie ein wenig, vor allem aber war man ebenso von ihrer Gegenwart wie von ihrer Abwesenheit beunruhigt. Sie brauchte wirklich niemanden.

Oft fragte man sich, warum sie Octave, ihren Bruder, mit so großer Sorgfalt überwachte. Und stellte sich zahllose Gründe vor, von denen keiner einer Prüfung standhielt.

Octave war von den gleichen Nebeln umgeben. Auch er war unabhängig und wurde beinahe mit der gleichen Rücksicht behandelt wie seine Schwester. Sie bildeten ein geheimnisvolles Paar, das man ein wenig bewunderte, ohne es – um dieses Geheimnisses willen – zuzugeben.

Volpes Bande bildete durch dieses Gemeinschaftsgefühl eine starke Einheit, wo ein Kameradschaftsgeist herrschte. Die einen wie die anderen hatten kein anderes Ziel, als ungestraft zu leben. Langeweile kam über sie, und um sie zu vertreiben, jagten sie dem Geheimnis nach und erfanden Gespenster.

Wenn ich sie verließ, nannte ich sie manchmal die Abenteurer ohne Abenteuer.

Sie trieben oft ein gefährliches Handwerk, aber sie waren immer Leute vom Fach, mit den gleichen Ticks, den gleichen beruflichen Deformationen.

Neben den anderen Innungen hatten sie ihren besonderen Platz, außer Konkurrenz, wenn man so will, aber sie blieben alle miteinander auf der gleichen Ebene. Vielleicht hätten sie sensationelle Diebstähle oder große Verbrechen begehen können, aber dann hätten sie zu dieser Pariser Armee gehört, deren Ruhm universell ist.

Sie hatten sich ihrer Stadt angepaßt und gehörten zu ihr in gleicher Eigenschaft wie die Taxichauffeure und die Laternenanzünder. Sie konnten noch so viel erfinden, außergewöhnliche Umstände schaffen, sie blieben immer Pariser, mit den Manien und den Gewohnheiten der Stadtbewohner. Jeder war ein Widerschein von Paris, ein Wort des Kehrreims. Sie ließen sich von dieser Stadt anketten und dann von ihr wiegen. Sie liebten sie, wie sie Georgette liebten, mit der gleichen Verwunderung und der gleichen Unterwürfigkeit. Sie hätten gewiß um die Welt reisen können, und doch wären sie immer die gleichen geblieben, eine Mischung von Ticks, Wohlwollen und Haß.

Eines Tages, in einem dieser Cafés, die sie so heiß liebten, sah ich sie, wie sie mit gespannter Aufmerksamkeit einem Schlager zuhörten, den ein Grammophon krächzte; es war der so beliebte Kehrreim:

Paris, c'est ma blonde,
Paris, unique au monde.

Die blöden Worte wurden heruntergeleiert, und sie hörten mit offenem Mund zu, entzückt und hingerissen.

11. Kapitel

Die Tage, an denen man dieser geheimen Stimme folgt, der Stimme der Zerstreutheit, sind die vom Zufall gewählten, der seine Wege weisen will. Mit leeren Händen schritt ich der Entdeckung der vorübereilenden Zeit und des Raumes entgegen. Die Worte, fröhlichen Gefährten gleich, schwangen sich vor meinen Augen empor und tanzten mir um die Ohren zum Karneval des Vergessens.

Ich war dieser willentlichen Untersuchungen, dieser unaufhörlichen Neugierde müde. Die Erschöpfung durch das ewige Schauspiel ließ mich an alles denken, was man ganz gleich wie bezeichnet. Ich flüchtete vor mir selbst mit Wonne.

Ich hatte diesen lärmenden Leuten den Platz geräumt, die mich plagen, wenn ich mich nicht widersetze. An jenem Tag waren sie wenigstens drei, die lärmten. Die Wilden hätten gern Hymnen oder Tingeltangel-Schlager gesungen, aber ihr größtes Vergnügen bestand im Reden: einer stellte die Fragen, die anderen antworteten in der überspanntesten Weise der Welt. Ich war dieses Wandertheater, wo sie sich eine improvisierte Komödie, Schwester der beharrlichsten Träume, vorspielten. Sie führten mich wer weiß wohin, vermischten Zeit, Ort, Gefühle.

Ich kam, ich weiß nicht wie, auf die Höhen, die Paris überragen, auf den Hügel von Bellevue.

Die drei Komplizen, als sie das Panorama der Stadt sahen, das plötzlich auftauchte, konnten sich vor Freude nicht lassen. Vielleicht läuteten die Glocken, vielleicht zündete man Freudenfeuer an? Ich hätte es nicht leugnen können, ohne zu lügen. Ich dachte nicht mehr daran, sie zum Schweigen zu bringen; ich hörte ihnen zu.

Paris, sagten sie, breitet sich aus wie die Sonne, und die Sonne ist ein Ölfleck, der verschlingt, was um ihn herum ist, wie es die schönste Feuersbrunst des Jahrhunderts tun würde, denn er liebt es, sich singend in Flammen zu kleiden, wie es zu gewissen Jahreszeiten alle Glocken der Welt tun.

Was schrien sie nicht aus sich heraus, um einen Ausdruck für Paris zu finden, von dem ich meine Augen nicht mehr abwenden konnte als von einer Wasserpfütze voll Sonne? Diese Pfütze schien ein Spiegel, eine Orgel, ein Baum, sie war mit einer Zwanglosigkeit ohnegleichen, was man wollte. Die drei Dummköpfe liefen wie rasend hin und her und verglichen mit überströmenden Worten die Silhouette und den Schatten der Stadt mit allen Formen, mit allen Gegenständen, die mein Gedächtnis durchkreuzten.

Vor diesem aufgedunsenen Horizont stiegen die Erinnerungen wie Blasen empor und platzten unter dem Feuer dieses berühmten Lichtes. Vor mir rollten sich zugleich alle Episoden dieses Jahres, die ganze Kette der Tage und der Gesichter ab. Wie verlassene Archipele suchte ich auf dieser langen Karte die Stätten und die Wesen, die ich gekannt hatte, die zu kennen ich geglaubt hatte. Da war zunächst das Café Bleu, dessen Lage ich zu erkennen glaubte, das »Institut«, der Trocadéro...

All das und das übrige drehte sich in meinem Kopf, aber ich war ganz unfähig, meinen Gedanken eine Richtung zu geben.

Bei der Betrachtung dieses Panoramas der Zeit und des Raumes ergriff mich große Müdigkeit. Ich hätte mich gern über mich und die anderen lustig gemacht. Was denn! es war ja nur ein Dekor, größer als die anderen, und Kunstfiguren, die mir die Illusion von Leben gaben. Aus dieser Entfernung, und indem ich mich noch weiter in die frühere Zeit zurückversetzte, waren Octave, Georgette, Volpe, der Matrose nur Puppen aus Holz und Farbe. Vielleicht, wenn ich in diesem Moment in einen Spiegel geblickt hätte, wäre ich überzeugt gewesen, daß auch ich nur eine dieser Kunstfiguren war. Nach und nach jedoch empfand ich, trotz aller dieser Umstände, das Bedürfnis, mich wieder in diese Atmosphäre zu stürzen.

Zurück nach Paris, das ich glaubte, verloren zu haben! Ich machte mich auf den Rückweg und verließ meine Wilden einen nach dem anderen, um entschlossene Menschen wiederzufinden, denen dieses Zögern und dieses Hin und Her fremd ist.

Alles, was mich zu meiner Schande von ihnen trennte, erschien mir ebenso klar wie alles, was mich bei ihnen anzog. Ich blieb überzeugt, daß die Begegnungen nicht vergeblich waren und daß ich, ohne mir klare Rechenschaft darüber abzulegen, gewünscht hatte, diese Leute wiederzusehen, deren Stärken und Schwächen ein Gegenstand der Verwunderung für mich waren.

Octaves Zickzackwege konnten Schrullen eines Kranken sein, Georgettes Streifzüge sehr berufsmäßig, Volpes Vorgehen zu eigennützig. Dennoch schienen mir diese Erklärungen wirklich zu einfach. Diese Leben hatten eine unerklärliche Anziehungskraft, die ich Freiheit nannte. Was machte es alles in allem aus, daß die Beschäftigungen eines jeden von ihnen so leicht begründet werden konnten, wenn eine einzige Bewegung das ganze logische Gerüst zerstörte. Also dachte ich, daß ich Entschuldigungen brauchte. Während mein Geist sich betätigte, begnügten sie sich damit, zu leben. Heute würde Georgette vielleicht finden, was sie nicht gesucht hatte. Volpe und Octave würden an ihren Unternehmungen zweifeln.

Sie hatten recht gegen mich.

Wenn es Abend wurde und ich, meiner Gewohnheit gemäß, die beinahe eine Tyrannei geworden war, einige von ihnen aufsuchte, sah ich sie mit anderen Augen. Ich konnte das Gefühl, das mich an sie band, gewiß nicht Zuneigung nennen, aber mir schien, daß es einer Katastrophe bedurfte, um mich von ihnen zu trennen und sie mir zu verleiden, wie ich es wünschte.

Ich hatte eine Vorahnung dieser Katastrophe, wie man das Ende eines Unwetters voraussieht. Sie selbst waren sich klar darüber, daß alles ein Ende hat und daß man eines Tages mit dem Unvermeidlichen rechnen müsse. Und sie wünschten es heiß.

Gewiß war dies der Grund, daß sie so gern die Zukunft voraussehen wollten.

Eine ihrer Hauptbeschäftigungen während ihrer kurzen Freistunden bestand darin, sich die Karten zu legen oder sie sich legen zu lassen. Die Geliebte des Matrosen, die schwächste unter ihren Gefährtinnen, war eine Virtuosin dieser Kunst. Ihre größte und unbewußte Geschicklichkeit bestand darin, tragische Ereignisse anzukündigen. Sie sagte ihnen auf die einfachste Weise der Welt, was sie alle mehr oder weniger wünschten. Jeder drängte sie, diesen Wunsch zu erkennen, ihn zu verklären, und die armseligen Worte, die sie, fast immer dieselben, benutzte, gewannen eine unvermutete Größe in den Augen der Uneingeweihten.

Stundenlang hörten sie diese abgedroschenen Worte, die ihren Wunsch ankündigten. Sie hatten erst dann genug, wenn sie zu zweifeln begannen, wenn sie flüsterten: »Das ist beinahe zu schön.«

Und wenn Marie ihre schmierigen Karten in ihre Handtasche gelegt hatte, wurde geredet. Sie suchten in der angekündigten Zukunft eine Bestätigung der Gegenwart.

Als ich an jenem Abend kam, legte Marie Octave die Karten. Sie kündigte ihm an, daß er bald große Dinge vollbringen würde.

Die Macht dieser schlaffen und trägen Frau hätte unvergleichlich sein können, wenn sie es gewollt hätte, aber sie war sich dessen nicht bewußt. Sie allein hätte vielleicht Volpe besiegen können, da er selbst sich für die Kartenbotschaften begeisterte. Aber Volpe wußte genau, daß sie nicht daran dachte, es mit ihm aufzunehmen, und als sie es versuchte, zögerte er nicht, sie so schnell wie möglich und für immer zu vernichten. Da verstand ich besser, warum Volpe allem zum Trotz seine ganze Macht gezeigt hatte, warum er emphatisch diesen Dekor und die Inszenierung dieses Dramas, des altmodischsten Schmierentheaters würdig, ins Werk gesetzt hatte.

Sie blieb jetzt bei ihnen, bewahrte ihre Macht, ohne sie zu benutzen, und machte sich zur Dienerin all dieser leidenschaftlichen Diener der Zukunft. Mit der Zeit wurde sie ein Instrument, eine Stimme, die spricht: ein Medium.

Um sie scharten sich dic Verzweiflungen.

Octave, indem er sie anhörte, hatte geglaubt, daß sein Schicksal jetzt entschieden sei, und von diesem Augenblick an schien er nichts mehr zu fürchten. Er vertraute sich seinem Leben an.

Dann erschien Volpe auf der Bildfläche. Er bemerkte bald den seltsamen Ausdruck, der auf Octaves Gesicht geschrieben stand.

Um sie herum schwieg man. Volpe näherte sich Octave und fragte:

– Wo ist Georgette?

Octave zuckte die Achseln und antwortete:

– Sie wissen es ja.

Denn er fürchtete niemanden mehr, und dieser Name, der unter allen anderen Umständen den Bruder der Frau, um die es sich handelte, beeindruckt hätte, schien ohne Wirkung auf ihn zu bleiben.

Es wurde gewartet, ich weiß nicht worauf und ich weiß nicht auf wen. Eine traurige und geruchlose Nacht. Ich war müde und angeekelt von dem, was ich »Ausdünstungen« nannte, die niemand mehr ernst zu nehmen schien. Als der Matrose hereinkam, hatte ich den Eindruck, daß alles ewig von neuem begann, das Gefühl des schon Gesehenen.

Octave jedoch, als er den Matrosen sah, ging auf ihn zu und schlug ihm vor, hinauszugehen. Dieser betrachtete seine leeren Hände, seinen Sack, den er in eine Ecke gestellt hatte, dann begleitete er Octave, ohne ein Wort zu sagen. Volpe hatte sie nicht aus den Augen gelassen.

– Geh' ihnen nach, sagte er zu dem Mann mit dem Schlapphut.

Wie ein geprügelter Hund erhob sich der Angeredete, sah einen Augenblick durch das Fenster und ging schließlich hinaus.

Volpe ließ sich in allen Einzelheiten erzählen, was geschehen war. Der Mann, der so gern lachte, der seinen Bart so aufmerksam pflegte, erzählte ihm alles, was ich gesehen hatte: Marie, die die Zukunft voraussagte und Octave ein besseres Schicksal versprach. Volpes dicke Lippe hing herab; er schloß ein Auge, während er dem bärtigen Mann zuhörte. Marie verbarg sich, da sie Volpes Zorn fürchtete. Ich vermutete, daß nichts geschehen würde, daß diese ganze Unruhe, diese ganze Furcht nichts zu bedeuten hätte.

Ich erinnerte mich an diesen Spaziergang jenseits der Stadtgrenze, wo ich mich von dieser Bande abgesetzt hatte. Ich empfand von neuem den Ekel, den die befriedigte Neugier zurückläßt. Immer dasselbe.

Ich ging meinerseits hinaus und so schnell wie möglich. Die Straßen schienen mir ausgestorben. Kein Fußgänger, kein Geräusch störte die Nacht und rief diese Wellen hervor, denen ich seit zu vielen Wochen gefolgt war. Die ganze Stadt schien in einer absoluten Gleichgültigkeit erstarrt. Die Straßenlaternen und ihr Lichtgefieder waren simple Gasflammen, die Torwege waren erbarmungslos geschlossen.

Dem ganzen Viertel fehlte der Adel, den ich in ihm gesehen hatte.

Das Unglück wurde, kurz bevor ich mein Zuhause erreichte, auf die Spitze getrieben, denn ich traf meinen Freund Jacques am Arm einer Frau.

Als er mich sah, blieb er wie angenagelt stehen und rief, indem er die Arme zum Himmel erhob:

– Was machst du? Man sieht dich nicht mehr!

Er stellte mich seiner Freundin vor, schleppte mich in ein Nachtlokal, erzählte mir, was er trieb, vertraute mir seine letzten Eindrücke an.

So beschwor er die Atmosphäre einer Welt herauf, in der ich eine Zeitlang aufgehört hatte, zu leben. Unwillkürlich verglich ich diese Welt mit der, die ich gerade verlassen hatte; der Anblick seiner Freundin erinnerte mich an die Frauen, die Volpe gehorchten.

Der gleiche Ekel, die gleiche Müdigkeit überfielen mich. Für Jacques wie für die anderen spielte Paris eine unbegreifliche Rolle. Es war der Rahmen, den sie vorzogen, und ich hatte den Eindruck, daß sie mit einer Illusion lebten.

Ich hatte sie vor meinen Augen wachsen sehen, während ich von Bellevue aus das Panorama betrachtete. Dieser breite Fleck am Ufer der Seine drehte sich wieder einmal um sich selbst, wie es die ganze Erde tat, mit der gleichen Beharrlichkeit und der gleichen Entsagung. Wie die Erde erkaltete Paris und wurde einfach eine Idee. Wie viele Jahre würde sie noch diese Illusionsmacht bewahren, wie viele Jahre würde sie noch die Zeit beherrschen? Ich wagte nicht zu antworten. Während ich den nächtlichen, dickflüssigen Regen fallen sah, fühlte ich, daß alle sich noch zu täuschen wünschten, um die Fortdauer ihrer sonderbaren Liebe zuzulassen.

Paris, sang vielleicht das Orchester, c'est une...

Sie tanzten alle um mich herum.

Ich dachte plötzlich an diesen Mann, der mir, als er Rom betrachtete, mit völliger Ruhe sagte:

– Eine Zivilisation verloren, zehn wiedergefunden. Jacques sprach immer noch. Die Augen fielen mir zu; der Schlaf und seine Schwester, die Gleichgültigkeit, näherten sich mir.

Es blieb mir nur noch, mich zu verabschieden.

12. Kapitel

Octave war wahrscheinlich nicht allein in diesem Café, da er lebhaft diskutierte. Er wandte sich scheinbar an einen Stuhl, aber seine Gebärden machten deutlich, daß er jemanden vor sich sah.

Niemand schien sich zu wundern, ihn mit der Leere sprechen zu sehen. Was mich betrifft, so war ich überrascht, als er sich plötzlich erhob und das Café verließ, ohne sich von dem unsichtbaren Gesprächspartner zu verabschieden.

Er sah mich aufmerksam an und lud mich gegen seine Gewohnheit ein, mit ihm zu gehen. Ich wehrte mich nicht gegen diesen Vorschlag, und wir gingen ohne zu sprechen eine gute viertel Stunde nebeneinander her. Octave wußte, wohin er ging.

Er schien es sogar eilig zu haben.

Auf dem Quai vor dem Louvre blieb er stehen und beobachtete.

– Ein höllischer Wind, was?

– Ja, erwiderte ich, ein furchtbarer Wind.

Tatsächlich fegte ein Sturm, der aus westlicher Richtung kam, durch Paris. Er ergriff alles auf seinem Wege und ergriff selbst die kleinsten Dinge. Papierfetzen, die wer weiß woher kamen und wer weiß wie zusammengetrieben wurden, wirbelten durch die Stadt. Die Bäume zitterten, dann neigten sie sich, verzweifelt und verängstigt. In finsteren Ecken begann es zu pfeifen, während sich etwas wie Donner von den Dächern erhob. Fensterscheiben zersprangen vielerorts mit metallischen und fröhlichen Tönen. Die Wut, die auf den Wahnsinn folgte, nahm von den Gegenständen Besitz. Die Seine bedeckte sich mit Schaumkronen oder bildete Wirbel, je nach der Windrichtung.

Der Sturm schlug auf die Häuser ein und wirbelte Staub und Sand auf. Er ergriff die Straßen und jagte alles, was versuchte, ihm zu widerstehen, vor sich her. Octave gab sich mit offensichtlicher Freude diesen großen Luftbewegungen hin.

Dann begann der Wind unwiderstehlich zu fließen wie ein langer Strom.

Nach Art der kleinen Kinder hob Octave seinen Finger in die Luft, nachdem er an ihm gelutscht hatte; dann schritt er gegen den Sturm. Er beeilte sich so sehr er konnte, wobei er große Gesten machte, um mit gesenktem Kopf gegen ihn standzuhalten – ich folgte ihm so gut ich konnte, aber ich geriet außer Atem.

Plötzlich ergriff mich Octave beim Arm, und während er sich zu mir neigte, rief er:

– Es wird doch nicht regnen?

Ich schüttelte den Kopf, um ihm zu antworten, daß ich es nicht glaubte.

Wir schritten lange durch die Nacht und den Wind, ohne eine lebendige Seele zu treffen. Ich wußte nicht, wohin wir gingen, aber unfähig, Octaves Eifer zu widerstehen, schritt ich weiter, obwohl ich nicht gegen diesen gewaltigen Wind kämpfen konnte, der immer stärker und immer schneller blies.

Dieser Lauf nahm kein Ende, und ich dachte nicht, daß er je enden könne. Wir waren im Wind ertrunken.

Wir überquerten mehrere Brücken, bevor wir zu Octaves Schuppen gelangten, den ich gleich wiedererkannte. Hier war sein Ziel. Er gab mir den Schlüssel zu halten, dann, nachdem er das Tor geöffnet hatte, nahm er ihn wieder an sich. Mit der Hand, wie zu einem aufdringlichen Hund, machte er mir ein Zeichen, zu gehen. Ohne mich zu rühren, sah ich ihn an, aber er stürzte auf mich zu, als wollte er mir Angst machen. Er fuchtelte mit den Armen. Ich war zu keiner Handlung fähig, betäubt von diesem ewigen pfeifenden Getöse und vom Wind geprügelt. Octave kam auf mich zu und sagte:

– Zigarette, bitte!

Ich suchte wie ein Betrunkener in meinen Taschen und reichte ihm ein Päckchen. Er nahm eine und gab mir die anderen zurück. Dann befahl er:

– Streichhölzer!

Er griff nach der Schachtel, die ich ihm reichte, dann stieß er mich brutal vor sich her. Der Wind seinerseits ergriff mich und zwang mich vorwärts: ich hatte nicht mehr die Kraft zu widerstehen, und mit schlaffen Beinen ließ ich mich treiben.

Als ich den Weg wieder aufnahm, den wir gekommen waren, nur in entgegengesetzter Richtung, wie die Brieftauben es tun, wandte ich den Kopf bei der Biegung vor der Brücke. Octave war verschwunden.

Während ich über die Brücke ging, flehte ich um Hilfe. Die Nacht war verwüstet. Aber plötzlich erhob sich ein Licht wie ein Blitz, der nicht erlosch. Ich wandte mich um und sah genau an der Stelle, wo ich vor einigen Minuten Octave, seinem Willen gemäß, zurückgelassen hatte, eine hohe Flamme, die sich vom Quai erhob.

Der Wind trieb sie in meine Richtung. Sie hatte Octaves Schuppen vernichtet und ergriff dessen Umgebung. Sie schien aus dieser Quelle zu fließen und sich wie ein Fleck zu verbreiten. Sie lief und sprang im Kampf gegen die Nacht. Dann drehte sie sich, immer wachsend, um sich selbst und wurde eine Feuerkugel. Dieses Licht barg eine tolle Freude. In der Zeit einer Sekunde sah ich diese Flamme sich verändern. Sie wurde ein Fabeltier, eine Wolke der Abenddämmerung, eine rote Spitze, eine Wunde. Dann begann ein großer Rundtanz, ein Rundtanz dünner, langer Finger.

Schließlich verbarg sie sich, um noch höher aufzusteigen, wie ein sich bäumendes Pferd.

Das war zuviel. Ich hatte Lust zu schreien, vielleicht um Hilfe zu rufen, aber ich brach in ein furchtbares Gelächter aus, als ob etwas in mir zerriß. Da stürzte plötzlich und brutal ein Regen, ein ungeheurer, dicker Regen herab. Ganze Wasserpakete zerplatzten auf dem Erdboden. Und langsam zog sich der Wind zurück, stolperte und fiel. Ich suchte schleunigst Zuflucht im Schutzraum einer Straßenbahnhaltestelle. Ich konnte nicht mehr und legte mich lang auf den Boden. Der Regen war wie ein ungeheures Lied.

Die Rinnsteine schwollen an, überschwemmten die Straßen und die Bürgersteige.

Lange sah ich die dicken Regentropfen fallen, dann schloß ich die Augen und schlief fest ein.

Ich wurde von einem Frühaufsteher geweckt, der lächelte, als er mich wachrüttelte. Er hielt mich für einen Betrunkenen, womit er nicht ganz unrecht hatte. Ich stand ziemlich beschämt auf und klopfte meinen Anzug mit der flachen Hand.

– Sie haben Glück gehabt, sagte er, wie wir alle. Ganz nahe von hier, auf dem anderen Ufer der Seine, war heute Nacht ein Brand. Es ist ein Wunder, daß die Häuser auf dieser Uferseite verschont geblieben sind, denn die Bäume sind angesengt. Funken sind über die Seine geflogen. Der Regen hat uns gerettet.

Während er sprach, kam ich allmählich wieder zu mir. Ich ging in Richtung der Brandstelle und sah ein großes schwarzes Gelände, das vom Feuer verwüstet worden war. Holzhäuser, kleine Sonntagsrestaurants waren niedergebrannt und hinterließen ein wenig Asche.

Ich dachte an Octaves großartigen Plan und an sein Schicksal. Volpe würde bald sagen:

– Sein Streich ist ihm mißglückt.

Schon drängten sich Neugierige um die Brandstelle und machten ihre Bemerkungen.

– Ganz Levallois hätte abbrennen können.

– Nein, ausgeschlossen, der Wind hätte die Flammen auf Neuilly gelenkt.

– Und...

Jeder, mit dem gemeinsamen Geschmack am Unglück, versuchte, sich die Katastrophe vorzustellen, aber jeder machte daraus einen kleinen, unbedeutenden Brand.

Octaves letztes Experiment war nicht geglückt.

Ein Polizist, der in den Aschenresten gewühlt hatte, kam zurück und sagte:

– Da ist bestimmt ein Toter, denn nicht weit von der kleinen Hütte riecht es nach gebratenem Fleisch.

Die Nachrichten machten die Runde und wurden entstellt. Ich hatte hier nichts mehr zu tun, nichts mehr zu hören, und doch hielt mich etwas an diesem Ort zurück, ich weiß nicht was.

Ich hätte gern Octaves Schicksal erfahren. Gewiß, ich vermutete, daß er seinem »Experiment« hatte beiwohnen wollen, ja, daß er wahrscheinlich sogar gewünscht hatte, sich ihm zu opfern, aber ich wollte Gewißheit haben.

Als ich abends, nachdem ich lange den Untersuchungen der Feuerwehr beigewohnt hatte, ins Café ging, wußten schon alle, daß Octave versucht hatte, Paris niederzubrennen. Volpe hatte den Verdacht gehabt und war zu ihm gegangen, um zu sehen, was er vorbereitete. Er hatte Georgette nicht angetroffen und suchte sie seitdem und ließ sie suchen.

Ohne Resultat.

Georgette war verschwunden.

Sie machte nicht, wie jeden Abend, ihre Runde um Saint-Germain-l'Auxerrois, auch zeigte sie sich nicht im Palais-Royal.

Volpe selbst lag auf der Lauer, der Mann mit dem Schlapphut fragte die Stammkunden aus. Niemand wußte, was aus ihr geworden war. Noch am Vorabend hatte man sie auf ihren gewohnten Wegen gesehen.

13. Kapitel

Der Regen dauerte mehrere Tage. Paris bedeckte sich mit einem Schleier, und die Hitze, von kalten Windstößen zerschnitten, nahm von den Straßen Besitz.

Drei Farben stritten sich um die vom Wasser geblähte Stadt. Traurige Nachrichten waren im Umlauf. Man glaubte sie in der feuchten Luft flattern zu sehen wie Schmetterlinge. Die einzige Zuflucht war wieder einmal die Nacht.

Gegen Abend erwartete man die Erlösung von der Sklaverei des Wassers und dem automatischen Hin- und Hergerenne. Man glaubte nicht mehr an Ruhe, aber man wünschte eine Veränderung, etwas, was an Freude erinnerte, man wollte Nachrichten.

Auf diese Nachrichten lauerte ich, ich wollte die letzten Einzelheiten über Octaves Tod erfahren oder endlich Georgettes Spuren finden, die in meinen Augen nur noch eine Frau in Fetzen war. Mir schien, daß die Armut und die Furcht vor dem Kommenden diese Frau besiegt hatten, die ich lange für stärker gehalten hatte als die Nacht.

Octaves Asche, die zu finden der Polizei nicht gelang, glaubte ich in der Remise hinter den verkohlten Überresten des Schuppens zu sehen. Ein starker Geruch verbreitete sich bis an den Straßenrand, aber alle Fabriken der Nachbarschaft mit ihrem Rauch, ihren Auswürfen hinderten den Verrat.

Octave beendigte seine Verwesung, und die Wochen warfen das Vergessen auf ihn wie Sand. Die vermutete Anwesenheit dieses Leichnams erlaubte mir die Annahme, daß

Georgette in irgendeinem verborgenen Winkel geduldig die Zeit vorüberziehen ließ, aber mit einem Lächeln über ihre Befreiung grinste sie gewiß höhnisch in der Verkleidung eines anständigen Handwerks und dachte dabei an den stillen Lauf der Tage, an diese Ruhe nach der Unruhe. Sie war von ihrem Alibi besiegt. Wenigstens glaubte ich, daß sie nicht ohne ihre Gewohnheiten leben könnte. Sie war verloren. Der Tag hatte sich ihrer bemächtigt.

In diesen Straßen, die sie einst mit so erstaunlicher Methode durchwanderte, unterschied ich die phosphoreszierenden Zeichen ihrer Spur, die ich natürlich Erinnerungen nannte. Als ich in der Rue Saint-Honoré oder in der Rue des Prêtres-Saint-Germain-l'Auxerrois einen Schatten bemerkte, konnte ich nicht anders als sie zu erkennen. Auch wenn ich manchmal ein Paar überraschte, das in ein kleines, düsteres, trauriges, schlecht erleuchtetes Hotel eintrat, dann war sie es, die ich die Tür öffnen sah.

Sie war nicht mehr ganz die Nacht, aber ihr Schatten oder die Erinnerung an ihren Schatten multiplizierte sich in der Art von Rückspiegelungen.

Während dieser Spaziergänge erlebte ich nie mehr diese Gemütsbewegung, die sich plötzlich vor mir erhob. Frauen drehten sich um sich selbst; in Gruppen stürzten sie nach rechts oder nach links wie Vogelschwärme. Keine verstand es, die Straße zu erleuchten oder eine Passage zu verdunkeln.

Georgette entfernte sich jede Nacht ein wenig mehr von den Straßen, mit denen sie vertraut gewesen war. Dann leuchtete plötzlich ihre Erinnerung auf, als wollte sie dies dementieren. Die Zeit verwischt nicht die Spuren derer, die verschwinden; sie begnügt sich damit, sie unserem Blick zu entziehen. Aber dann bleibt entweder der Duft oder einfach eine besondere und subtile Luft, die sie ganz und gar vergegenwärtigt.

Ich irrte in Paris umher und dachte an alle, die sich einst um Georgette geschart hatten und die sie unaufhörlich suchten, wie Amputierte das abgenommene Glied immer noch als Teil ihres Körpers fühlen. Einst. Die Ironie dieses Wortes schien mir von erstickender Schwere. Diese Männer, die ich gekannt hatte, wollten nur in der Gegenwart, in der Sekunde leben. Mit allen Mitteln, die in ihrer Macht standen, hatten sie sich immer bemüht, die Zeit aufzuheben. Verbaut, doktrinär wie gewöhnlich, war bereit, sie zu leugnen, aber Volpe hätte gern zugegeben, daß ihm jede Geduld abging, denn sein Wunsch mußte sofort verwirklicht werden. Und jetzt belauerten alle die Zukunft und beschworen die Vergangenheit herauf.

Es war nicht nur die Trauer um die Verschwundene, die sie außer sich geraten ließ, sondern die Erregung des allzu nahe gerückten Geheimnisses. Wenn sie die Wahrheit über den Fall Georgette hätten an der Kehle packen können, wären sie von einer schweren Last befreit worden. Einige hätten sich der Melancholie ergeben, andere dem möglichen Vergessen. Volpe hätte eine andere gesucht. Aber sie wußten nichts, und sie fühlten sich betrogen, von sich selbst betrogen, die einen von den anderen betrogen, betrogen schließlich von allem, was sie noch sie selbst zu sein glaubten.

Ich erinnerte mich an das, was Volpe mir von Georgette gesagt hatte und an seine Prophezeiung: »Sollte sie verschwinden...« Volpe fand nicht nur Geschmack an der Zukunft, sondern er hatte einen gewissen Sinn für das Kommende, was manchmal seinen Behauptungen etwas Tragisches gab.

Während sie Georgettes Spuren suchten, war in den Zeitungen wieder viel die Rede von dem Matrosen, der immer seltener in dieses Café kam, was sie unter sich das Café Bleu nannten. Von einem unerklärlichen Gefühl getrieben, das er jedoch, wie man feststellte, bereits in anderen Fällen bekundet hatte, war er auf die sonderbare Idee gekommen, einen Brief an eine große Morgenzeitung zu schreiben, die diese Botschaft veröffentlichte, allerdings mit der Bekundung größter Zurückhaltung. Jene aber, die einen Teil der Wahrheit kannten, waren entsetzt von dieser unnötigen Kühnheit. Volpes Zorn war nicht zu bändigen; er sah darin eine Herausforderung. Seine Rolle in dieser Affäre wurde dunkel und schwer erklärbar.

– Ein Aufschneider, sagte er, wie die anderen. Immer dieses Bedürfnis, zu gestehen!

Als eines Abends der Matrose, der immer seinen großen Sack mit sich schleppte, ins Café Bleu kam, saß Verbaut in Gesellschaft seiner Freunde an einem Tisch. Er wußte noch nichts von dem Verbrechen des Matrosen und wunderte sich über die Gegenwart dessen, den er einen Dummkopf nannte.

Der Matrose sagte ihm ganz einfach:

– Ich habe Georgette vorhin gesehen.

Verbaut sprang auf und verlangte Erklärungen. Unterdessen kam Volpe herein. Ich war an diesem Abend in seiner Begleitung, denn auch ich wollte die letzten Nachrichten hören. Man verhörte den Matrosen in allen Einzelheiten, der sich wie gewöhnlich in der Nähe der Bahnhöfe herumtrieb. Er hatte geglaubt, Georgette mit einer Reisetasche in der Hand in die Bahnhofshalle hineingehen zu sehen, aber er konnte sich nicht erinnern, ob es die Halle der Gare de l'Est oder der Gare du Nord gewesen war.

Von Fragen bedrängt, war er schließlich nicht mehr so sicher und erklärte, daß er trotzdem glaubte, es sei Georgette gewesen, die in der Menge der Reisenden verschwand, aber das war alles, was er sagen konnte.

Verbaut, der außer sich war, verlangte Einzelheiten über ihre Kleidung und schien dem große Wichtigkeit beizumessen, ohne selbst zu wissen, warum: trug Georgette, ja oder nein, einen Schleier?

An diesem Abend schlug der immer methodische Verbaut vor, daß jeder von uns ein bestimmtes Pariser Viertel überwachen sollte. Der Mann mit dem Schlapphut, Octaves

Freund, billigte diesen Vorschlag, der schließlich akzeptiert wurde. Nur Volpe blieb skeptisch, was das Resultat betraf.

Es wurde um die verschiedenen Pariser Stadtviertel gelost. Ich wurde beauftragt, die Umgebung des Parks Monceau zu überwachen.

Ich war von der Nutzlosigkeit einer solchen Jagd überzeugt, weil ich vermutete, daß Georgette Paris verlassen hatte. Aber als ich diesen Einwand vorbrachte, wurde er von Lachsalven empfangen.

Georgette war ihrer Meinung nach unfähig, Paris zu verlassen.

Ich irrte am Tagesende um die Gitter des Parks Monceau. Die benachbarten Straßen, grau, ohne Läden, ohne Lärm, ohne Passanten, werden erst abends wach. Aus den hohen Fenstern altmodischer Fenster klingen Romanzen, Gelächter, und die Töchter der Rentner-Portiers spielen wieder und wieder die Tonleiter. Man erwartet den Morgen, in der Hoffnung, kühne Schönheiten von vor dreißig Jahren, höchstwahrscheinlich in Pumphosen, herauskommen zu sehen, die sich mit dem Fahrrad an die Porte Maillot begeben. Sie würden den Park Monceau durchqueren und im Vorbeifahren die ruhmreichen Statuen grüßen: Ambroise Thomas, in der Nähe einer perfektionierten Quelle, prüft aus der Ferne und mit nachdenklicher Miene Guy de Maupassant, der trotz seines Lächelns, immer nervöser werdend, ablehnt, sich von dem Gesang der Quelle und von der flehenden Dame überzeugen zu lassen. Vielleicht wird diese so reizend gekleidete Frau sich aus Verzweiflung in den Teich stürzen, wo sich die Säulen und die Ruinen ironisch spiegeln?

Alles ist grau in diesem Park, der Teich ist aus Aluminium, die Alleen mit Staub bestreut, die Bäume mit Grünspan bedeckt. Die Wagen rollen im Schritt, um nicht die Spatzen zu erschrecken, die Ammen schließen die Augen.

Ich machte die Runde um diesen von Gittern eingefaßten Scherz und ergriff im Vorbeigehen alle Schatten der Hoffnung. Sehr oft von meiner häufigen und unbegreiflichen Gegenwart erschreckt, gingen die Frauen mir aus dem Wege. In diesem Viertel, das aus dem Jahre 1890 stammt, haben die Prostituierten altmodische Allüren. Sie flüchten, um anzuziehen, sie summen Schlager, um sich die Zeit zu vertreiben, sie weinen leicht um jede Kleinigkeit. Ich verlor meine Zeit. Die Orte, die Wesen, die ich erraten konnte, waren nur Fallen, unnötige Vorwürfe. Georgette konnte und durfte diese Straße nicht kennen, diesen Park, diese Boulevards, wo Kälte und Langeweile herrschten. Manchmal, wenn die Nacht zu Ende ging, kam ich, um die letzten Nachrichten zu hören, und man erzählte von dem vergeblichen Hin und Her. Verbaut sprach, wie immer, von zu fassenden Beschlüssen. Er war der erste, der dieser nächtlichen Wanderung müde wurde. Er war mit der Überwachung des Viertels der Gare Montparnasse beauftragt und entdeckte in den benachbarten Straßen entmutigende Abenteuer. Der Mann mit dem Schlapphut verlor seine Zeit nicht mit der Überwachung des Pantheon; er fragte dagegen die Frauen aus. Aber nie kam uns die geringste Auskunft zu Ohren, die ernst genommen werden konnte.

Einer, namens Blin, war lange dem Matrosen nachgegangen, den er verdächtigte, etwas zu wissen und die Bande zu verraten. Er erzählte mit irritierenden Einzelheiten die Wechselfälle der Verfolgung. Der Matrose zog durch Paris im Zickzack, bald schlief er in einem Hotel in Montrouge, bald in Grenelle, aber nie schlief er zwei Nächte hintereinander unter demselben Dach.

Übrigens schien er unsere Gesellschaft nicht zu fürchten, und ich sah ihn oft zu Volpe kommen, um etwas Geld von ihm zu leihen.

Offenbar fand er Geschmack an diesem Vagabundieren und dachte nicht mehr daran, sich zu denunzieren. Seine schweigende Gegenwart irritierte die meisten seiner Gefährten.

Nachdem er eine Zigarette geraucht hatte, lächelte er mit abwesendem Blick, als ob der ganze Zorn, den er bemerkte, ihn enorm amüsierte. Eines Tages begegnete ihm in der Nähe des Cafés seine frühere Geliebte, um derentwillen er getötet hatte. Er tat, als wollte er sie nicht mehr sehen, ging ihr jedoch nicht aus dem Wege. Er nahm sie mit in das Café, und sie warteten auf Volpe, der sich verspätete.

Von Zeit zu Zeit sprach der Matrose leise zu Marie, die allmählich die Machenschaften begriff, denen sie zum Opfer gefallen war, und einer Art von Melancholie verfiel. Sie fühlte sich in den Augen aller verloren, weil sie zuerst hatte widerstehen wollen und doch nicht hatte durchhalten können.

Als Volpe hereinkam, versteckte sie sich hinter dem Matrosen, der immer gleichgültig blieb. Als er Volpe seine Bitte vorgebracht hatte und dieser ihm, wie gewohnt, einen Geldschein reichte, ging er ohne weitere Umstände, von Marie begleitet, fort.

Am folgenden Tag erfuhren wir, daß Marie und der Matrose, von Blin überwacht, Paris verlassen hatten, wahrscheinlich ohne Hoffnung auf Wiederkehr. Als Volpe von dem Schwätzer diese Flucht erfuhr, begnügte er sich mit einem Achselzucken. Die Jagd hatte nicht aufgehört, aber während zu Anfang jeder den größten Eifer und die größte Wachsamkeit an den Tag gelegt hatte, machten sich nach einigen Nächten offensichtlich Zeichen der Müdigkeit bemerkbar. Verbaut, der zu Anfang am entschlossensten war, schien am meisten angeekelt und müder als die anderen. Als Volpe ihn so außer Atem sah, lächelte er mit Genugtuung.

Bald danach, eines Abends, schlug Verbaut, der nicht mehr konnte, für den folgenden Tag eine Versammlung vor, in deren Verlauf, so erklärte er, endgültige Entschlüsse gefaßt werden müßten.

Volpe war nicht dagegen, und sie verabredeten sich in einem Café des »Quartier de la Nation«.

14. Kapitel

Volpe erwartete mich auf der Terrasse des Cafés. Bevor wir hineingingen, riet er mir, einen Blick durchs Fenster zu werfen.

– Aber ich kenne sie alle, mehr oder weniger, sagte ich ihm.

– Sie kennen sie schlecht, erwiderte er.

Ich erkannte jedoch die Zecher, die an ihrem Stammtisch saßen und sich die Allüren von Verschwörern gaben.

Verbaut war da, der immer elegante Blin, dann der Mann, dem man den Beinamen »Clownsfratze« gegeben hatte und der schweigend am Tischende saß.

– Meine Freunde, sagte Volpe mit bösem Lachen. Ich bin unbesorgt, heute abend müssen sie unbedingt etwas beschließen. Sie wissen nicht was, aber sie sind in der Klemme. Sie werden reden, und dann werden Sie sehen. Sie warten auf Sie. Sie sind der Zuschauer, und sie werden nicht dem Vergnügen widerstehen, Sie zu erstaunen.

– Ich kenne Verbaut, ich weiß....

– Sie kennen sie nicht, warf Volpe mit seiner gewohnten Brutalität ein. Ich, ich kenne sie. Ich habe Verbaut gekannt, als er noch Apothekergehilfe war und mir seine Wetten brachte. Mit seinem honigsüßen Lächeln, etwas stutzerhaft, immer mit leeren Taschen, aber im Reden groß. O ja, das kann er, reden und schreien, geradezu hinreißend! Und Boulet, den man »Clownsfratze« nennt, Sohn eines Bäckers. Immer bedürftig. Er versteht es, lange Finger zu machen. Seine

Mutter erlaubte ihm alles, bis zu dem Tag, als der Meister ihn mit der Hand in der Kasse erwischte und ihn ohne Umschweife vor die Tür setzte. Der Vater verstand keinen Spaß, und dem Sohn ist es lieber, ihn nicht wiederzusehen. Was Blin betrifft, so erkennt man ja leicht den früheren Lehrer. Er ist fest überzeugt, alles zu wissen, glauben Sie mir. Wenn er sein Schnurrbärtchen zwirbelt und erklärt: »Hört zu...«, dann kann alles im Widerspruch zu seinen Worten stehen, nichts kann ihn hindern, zu sprechen.

Volpe rächte sich, ich weiß nicht, warum. Er schien glücklich, alles zu sagen, was er von »diesen jungen Leuten«, wie er sie nannte, dachte. Er sah aggressiv aus.

Aber während wir durch die Fenster des Cafés die Wartenden sahen, konnten wir uns nicht gegen die Angst wehren, die sie umgab, so ansteckend war sie. Ich wußte, daß diese Angst irgendwie in Bausch und Bogen fabriziert worden war, aber das spielte keine Rolle.

Wir gingen in das Café hinein, und sofort begannen die Diskussionen. Was sagte man an diesem Abend, in dieser Nacht über Georgette? Es handelte sich nicht um das Leben eines Menschen, sondern um das Leben im allgemeinen. Die Debatte wurde heftig und beruhigte sich wieder. Jeder äußerte seine Meinung, und die Worte flogen und setzten sich brutal. Man kam zu nichts. Die Stunden verflossen jedoch schnell, während Volpe lächelte. Dumm und trostlos, alles das! Die Schatten, die Paris in der Nacht bevölkern, diese ungeduldigen Schatten, warteten vergeblich auf das tägliche Signal. Sie waren in den kleinen Lichtern versteckt, die sich träge drehen wie die Uhren.

Der Galopp um drei Uhr morgens, der Galopp der Kavallerie schwarzer Ideen ließ sich nicht hören. Und in dem allzu bleichen Himmel verschwanden die letzten Wolken, Erben des Tages. Einer von uns sagte: »Die weiße Stunde ist da.« Aber sein Nachbar antwortete: »Sie ist uns nicht günstig«; als wollte sie dem, der soeben gesprochen hatte, recht geben, schlug die Tür, was unbestreitbar ein schlechtes Vorzeichen ist.

Blin erhob sich und ergriff das Wort:

– Hört mal zu! Denken wir über diese Dinge nach, denken wir an die Umstände, an die Leichtfertigkeit, an den Verrat der Nacht...

Er wollte weitersprechen, aber einer gab ihm ein Zeichen zu schweigen. Da hörte man zum ersten Mal das große Getöse der Morgendämmerung: ein Getöse von Eisen, dumpfen Schlägen, Gepfeife, Rädergerassel.

Diese Nacht war zu Ende.

Es war Zeit.

Die Blicke erloschen, einer nach dem anderen. Sichtbar kam der Schlaf über uns, und auf das wiedererwachte Schweigen legte sich ein schwereres Schweigen. Man erwartete nur noch das Licht wie das Ende der Welt. Die Verzweiflung näherte sich mit Vorsicht.

Die Verzweiflung ist fast immer weiß gekleidet. Ihr Antlitz ist manchmal das einer Frau und manchmal das eines Greises. Ihr Schritt ist so langsam wie ihre Gebärden. Man weiß, daß sie nie in Zorn gerät. Sie verbirgt nicht ihre Zärtlichkeit, und doch, sobald sie sich nähert, verbreitet sich ein trockener, durchdringender Duft, ein Duft, den man oft mit Alkohol bekämpft. Sie ist die Feindin der Angst, ihr liebster Diener ist der Mut, ihre Freundin die Kühnheit. Die Pilger des Eckcafés konnten sich auf diese Gegenwart nichts einbilden. Sie begnügten sich damit, die Hände zu falten und sich gegenseitig anzusehen. Sie wußten, daß der nebelfarbige Morgen endlich einen Entschluß sehen würde, einen völlig unerwarteten Entschluß.

Offensichtlich fehlte es allen an Mut, und ihr Wille hatte sich aufgelöst wie Zucker. Die Hände hingen herab, die Zigaretten erloschen, und sie erlaubten der Verzweiflung, sich zu ihnen an den Tisch zu setzen. Gewiß, auch ich wußte, daß nichts mehr zu machen war, aber ich hoffte immer noch.

Meine Augen hefteten sich auf Verbaut, auf den Mann mit dem dicken Kopf und den schwulstigen Lippen. Er war sehr bleich und schien sich in seinem schwarzen Anzug nicht behaglich zu fühlen. Man merkte, daß er gern hätte sprechen wollen, Worte, ganz gleich welche, endgültige Worte von sich geben und seine großen Hände bewegen, die unter dem Tisch schliefen.

Verbaut zog nervös und mit aller Kraft an einer Zigarette, dann riß er sie aus dem Mund, um die Asche abzuschütteln. Seine Hand, nachdem dies getan war, schlummerte von neuem.

Blin, sein Nachbar, versuchte zwar zu lächeln, aber er schien vor allem sehr mit seinen Manschetten beschäftigt, die ihn nicht in Ruhe lassen wollten. In diesem Kampf erkannte er sich als besiegt. Von Zeit zu Zeit, aber besonders, um sich eine Haltung zu geben, schrieb er einen Satz auf das weiße Blatt Papier, das er höchst sichtbar vor sich hingelegt hatte. Die anderen erwarteten viel von diesen beiden Schweigern. Sie hätten diesem Schweigen, das sie verurteilte, eine Explosion vorgezogen.

Der kleinste, der am Tischende saß, »Clownsfratze«, schnappte die Zigaretten weg, die sein unachtsamer Nachbar vor sich liegen gelassen hatte.

Der Kampf gegen die Zeit wurde fortgesetzt.

Der blaue Alkohol ging vorüber.

Blin nahm sein Herz in beide Hände, stand auf und sagte:

– Die Charaktere des Zweifels variieren je nach den aggressiven Systemen der Wahnsinnigen. Ich kann nur über euch lachen. Einer von euch werfe den ersten Stein, und ich werde ihn zurückwerfen. Meine heutigen Mittel erlauben mir, diesen Verpflichtungen gegenüberzutreten, deren Wert ich selbst bestimmt habe. Ich fordere, ICH FORDERE...

Die leeren, unnützen, abgenutzten Worte liefen atemlos. Verbaut litt unter diesem Tohuwabohu. Er war vielleicht der einzige, der sich bewußt war, daß es sich wieder einmal um etwas ganz anderes handelte. Aber er gab sich dieser Geschwindigkeit des Spiels und der Furcht hin. Seine Angst war noch nicht groß genug, und vielleicht hätte er mit Befriedigung gesehen, wenn die Decke über ihren Köpfen zusammengestürzt wäre. Statt dessen klopfte jemand mit dem Finger an die Fensterscheibe. Es war der Verwalter des Cafés, der um die Erlaubnis bat, uns darauf aufmerksam zu machen, daß das Café schließen würde und daß wir so schnell wie möglich verschwinden müßten.

Kaum hatte er seine kleine Rede beendet, als alle aufstanden, fest entschlossen, endlich diese Diskussion zu beenden. Einige streckten schon die Hand aus, um sich zu verabschieden, aber Verbaut richtete sich auf. Sein Gesicht war bleich, und von ferne hätte man ihn für einen Henker halten können.

– Das alles hat nicht Sinn noch Verstand. Wir müssen zu einem Entschluß kommen. Treffen wir uns alle – alle, versteht mich recht – in einer Stunde bei mir, und wer nicht kommt, den halte ich für einen ausgemachten Schurken.

Einige protestierten, aber nach diesem Abend, an dem das Schweigen allzu schwer auf allen gelastet hatte, besaßen die Worte und die Beschimpfungen eine unüberwindliche Macht.

Der Morgen und die Kälte hatten Paris überfallen, und nur noch das Licht einiger Straßenlaternen hielt die Nacht zurück.

Wir riefen Taxis, die uns mit großer Geschwindigkeit durch die verödeten Straßen an die Porte de Versailles brachten.

In einer kleinen Straße, dem Boulevard Victor benachbart, diente ein schwerfälliges, schon ziemlich altes Haus Verbaut als Schlupfwinkel.

In dem kleinen, düsteren Raum, zu ebener Erde nach der Straße hinaus gelegen, wurden die Diskussionen wieder aufgenommen, sobald die Bande vollzählig war. Volpe hatte sich in der Nähe der Tür niedergelassen und rauchte eine dicke Zigarre. Er sah aus, als wollte er diesen Männern trotzen, die sich wie eine Meute zusammenscharten. Aber Volpe war nicht mehr derselbe. Er zweifelte an sich. Das Verschwinden Octaves, dann Georgettes, hatte die Kette zerrissen, die er so fest hielt und die ihm ermöglichte, »alle seine Leute« in der Hand zu haben und den zu bedrohen, der gewagt hätte, ihm zu trotzen.

Daß ihm ein Teil seiner Macht entglitten war, schwächte ihn in seinen Augen. Er versuchte durch seine herausfordernde Haltung als derselbe zu erscheinen wie gewöhnlich, aber er war sich klar darüber, daß er für alle wieder ein Mensch wie die anderen geworden war. Der allzu eitle Volpe, auf der gleichen Stufe mit den anderen, verlor an Ansehen.

Verbaut mißbrauchte diese neue Schwäche und stellte Volpe immer präzisere Fragen, wobei er weit in die Vergangenheit zurückgriff, um zu versuchen, ihn in die Enge zu treiben. Dieser scheinbare Triumph unterstrich die mühelose Grausamkeit Verbauts. Er sah Volpe böse an, als ob er sich endlich dafür rächen wollte, daß dieser Mann früher einen so großen Einfluß auf ihn gehabt hatte.

Die Angst war jedoch stärker. Und ich fühlte, wie sie wuchs. Etwas wie Panik hatte jeden ergriffen. Sie waren wirklich alle verzweifelt, alle, ausnahmslos. Durch ein seltsames und spürbares Phänomen sahen alle in diesem Verschwinden eine direkte Beschuldigung, und jeder fürchtete die Vorwürfe, die sie sich selbst machten. Aus einer mir unbekannten Ursache setzten sie alle ihr Leben aufs Spiel. Das war lächerlich und tragisch zugleich.

Sie hatten Angst vor den Enthüllungen, die Georgette hätte machen können, aber im Grunde war es vor allem die Tatsache, daß sie sich ihrer Schwäche so deutlich bewußt wurden. Es brauchte nur einer plötzlich beim Appell zu fehlen, und schon glaubten sie nicht mehr an den Lauf der Welten.

Sie alle waren sich der Realität des Todes bewußt. Das

Abenteuer, in das sich diese Geister gestürzt hatten, wurde eine Falle, und jetzt wanden sich alle, um dieser Realität zu entgehen, die sie von allen Seiten bedrängte. Sie hatte die Macht und das Aussehen des Meeres. Hätte einer von ihnen plötzlich lachen können oder auch nur lächeln, hätte sie sich entfernt, ja sie wäre verschwunden. Sie aber konnten nur reden, und man fühlte, daß jedes Wort fiel, wie die Stunden schlagen, daß sie nichts anderes daraus lernten als die Flucht der Zeit. Ihr Hochmut lag ihnen zu Füßen. Der Tag kam näher. Durch das große Fenster, das den ganzen freien Platz einnahm, sah man nach und nach die Dächer, die Schornsteine, die langen Mauern, die kleine Straße, die Bäume des Boulevards, Paris erscheinen. Die ganze Stadt erwachte zum Leben und wir gingen ihr entgegen, so glaubten wir.

Jemand klopfte an die Tür.

Das war zuviel. Wir schwiegen sofort. Man klopfte von neuem.

– Herein, rief Volpe.

Und Georgette trat herein. Die Kälte folgte ihr und der Morgen.

– Sind Sie es? fragte einer.

– Ich bin es, erwiderte sie.

Und sie lächelte.

Paris lag vor uns.

Wir erwarteten niemanden mehr.

Da war nur eine hohe Flamme, eine rote Spitze, eine Wunde. In der Nähe stand ein Haus in Flammen, und ich erkannte die Runde der Hände.

Wir hörten zu, ohne ein Wort zu sagen. Auf der Schwelle der Tür, die sie offen gelassen hatte, wartete Georgette. Der Rauch kam näher zugleich mit dem Tumult der Feuerwehr.

Volpe stürzte hinaus, um zu sehen, und einer nach dem anderen folgte ihm. Ein langsamer Strom von Männern, Frauen, Tieren zog von der Porte de Versailles nach Paris.

Der Tag und die Nacht nahmen ihre Runde wieder auf.